猫耳魔術師の助手

本日も呪い日和。

香　月　航

W A T A R U　K A D U K I

一迅社文庫アイリス

CONTENTS

使い魔

クライヴの使い魔となっている黒猫と茶猫。

飼い主であるクライヴよりシャーロットに懐いている。

クライヴ・アーネット

どんな仕事も完璧にこなす優秀な王宮魔術師。容姿も優れていることから、人気も高い。

しかし、半年ほど前に突然、猫耳猫しっぽが生えるという呪われた姿となったため、研究室に引き篭もるようになってしまった。

二匹の猫を使い魔にしている。

デリック・ノーフォーク

王宮魔術師で、クライヴの同僚。

鳥を使い魔にしている。

用　語　説　明

・**猫神**　一般的には全く知られていない、忘れ去られた神様。土地神の一種。

猫耳魔術師の助手
The Assistanto to Nekomimi Wizard.
ねこみみ まじゅつしの じょしゅ
本日も呪い日和。
Charactor's
人物紹介
シャーロット・ファレル
魔術学院を首席で卒業した才媛。人に対して厳しく接することから学院では「鉄の魔女」という不名誉なあだ名をつけられていた。その実態は猫を溺愛している、猫愛に溢れた少女。そのため、誰も知らない猫神を狂信的に信奉している。

イラストレーション◆藤 未都也

序章　男の嘆きと猫の怒り

「何故《なぜ》だ……どうして治らない……」

わずかな月光も差し込まない、ともすれば、全てが闇に溶け込んでしまいそうなほど暗い部屋の中。一人の男のかすれた呻《うめ》き声が響く。

何故だ、何故だ。まるでそれしか言葉を知らぬように、何度も問いは繰り返される。

……しかし、それに応えるつもりは『己』にはない。

「……術式は間違っていない。これではないのか？　いや、だとしたら他に何が……」

よろよろと腕を上げれば、空間に軌跡が残っていく。淡く光るそれは文字であり記号であり、あるいは線、あるいは円の形をしている。寒気《さむけ》を覚えるような夥《おびただ》しい術式が、男の周囲を埋めていく。

「わからない。何故だ、どうして？　これだけ試して、何故……」

薄光は伝播《でんぱ》し、やがて明かり代わりに室内を照らし出す。

浮かび上がる男の姿は全身黒色で、装いは徹底して露出を避けているようだ。足元はもちろん、頭も目深《まぶか》にフードをかぶって隠している。

かろうじて成人男性らしき体格であることは窺《うかが》えるが、まるで影絵のようなその姿は異様としかいいようがない。呻く声の低さも相まって、亡霊にも見える。

さらに、照らし出された部屋の様相も、ひどく雑然としていた。

積み上げられた本はいくつも山を成《な》し、あちこちにメモや走り書きが残っている。が、どれもこれも乱暴な筆跡を重ねてあり、一種の狂気を感じるほどだ。

「……くそっ！」

短く吐き捨てて、上げていた腕を振り下ろす。

拳《こぶし》を作った手は本の山を殴り倒し、鈍《にぶ》い音を立てながらドミノ倒しのように崩壊していく。

途端《とたん》に塵埃《じんあい》が煙のように舞い上がって、部屋の中は再び闇に包まれてしまった。

「疲れた……もう、いやだ」

砂っぽい黒と灰色に染まった世界で、またぽつりと呟《つぶや》きが落ちる。倒れるように座り込めば、埃《ほこり》と紙が男に降ってきた。

――ふと、落ち重なっていくその中に、純白が混じる。厚い封蝋《ふうろう》が押されたよく目立つ封筒で、同じものが何通も重なっていた。

「………ああ、そう、だったな」

ぼんやりとした口調のまま、それらを手に取り顔の前まで持ち上げる。中身はどれも同じ。

男の上司からの『助手の採用に関する返事』を催促《さいそく》する手紙だ。

「楽しみだったけどな……こんな状態で、誰かを招き入れるなんて」

無理だ、と声なく呟いて、男は唇を噛《か》み締める。また一息深く吐いて、男はゆっくりと立ち上がった。今度こそ蝋燭《ろうそく》に明かりを点《とも》して、散らかった机から便箋とペンを探し始める。

「ああ……〝断り〟なんて、書きたくないな」

フードの中で、〝あるはずのない場所に生えたもの〟が、ぺたりと垂れて、男はそれを乱暴に押さえつけた。

しかしそれよりも、己は男のこぼした言葉の方が気になった。

——断り、と。確かに今そう言っただろうか。ざわりと、体中の毛が怒りに逆立つ。

これから始まるのは輝かしい日々であったはずだ。己もそう信じていた。それをこの男は、自身の都合で途絶えさせるというのか。

(許さぬ……たとえ他の神が許しても、絶対に許さない!!)

金の眼《まなこ》が力を振り絞って輝く。今の己に残るのは、ごくわずかな信仰の力のみ。しかし、今ここで使わずしてどうする。

(もっと深く、より濃厚に、呪《のろ》われるがいい!!)

[にゃあーお……!!]

細く欠けた月が浮かぶ、静かな夜。——暗い夜空の下に、猫の鳴き声が響いていた。

一章　鉄の魔女とお猫様

「納得いきません」

重厚な内装の一室。教卓よりも立派な席に座るこの『魔術学院』の長《おさ》たる男と、その横に控《ひか》える進路担当の教師は、目の前に立つ小柄な少女にやや気圧《けお》されていた。

別に怒鳴っているわけではない。それこそ、もっとガラの悪い生徒もいるし、刃物沙汰《ざた》の喧《けん》嘩《か》すらも仲裁した経験がある、教師歴の長い二人だ。

しかし、この目の前の少女シャーロット・ファレルは不良とは別の迫力を備えており、苦手としている教師はとても多い……いや、多かった。

先日無事に卒業を迎え、送り出したはずなのだが、苦手意識はまだ残っているようだ。

かすかに肩を震わせる二人を一瞥《いちべつ》し、シャーロットは一瞬だけ面倒くさそうな表情を見せた後、一通の手紙を差し出した。

「これは……」

机に広げられたのは、王国の直属機関にしか許されない特別な印の入った封筒と便箋。

しかし、上質な紙に記《しる》されているのはたった一文。要約するまでもなく『今回の話はなかったことに』と簡潔に書かれている。

「どういうことだ？　これは一体……」

「先日、私の元に届いた王宮魔術師機関からの書状です。何ヶ月も音沙汰なしで、ようやく届いた返信がこれですよ？　どういうことだと聞きたいのは私の方です」

やや苛立《いらだ》ったシャーロットの口調に、教師たちはまた肩を震わせる。

『王宮魔術師』とは、名の通り国直属の研究機関である。魔術師が目指す最高峰の職であり、学院へ通う生徒たちも、その頂《いただ》きを目指して日々励んでいる。

そしてこのシャーロット・ファレルは、大変優秀な成績を修めた生徒だった。

その成績は実力主義の学院の歴史に名を残すほどであり、在学中に件《くだん》の機関の方から「ぜひウチへ来てくれ」と、勧誘を受けていたのだ。

もちろんシャーロットもこれを受諾《じゅだく》し、卒業後はまず助手として、とある王宮魔術師の下《もと》へ師事することになっていた。

誰からも羨《うらや》まれる、薔薇《ばら》色の勝ち組人生が約束されていた……はずだったのだ。

「よりにもよって、卒業してからの内定取り消しなんて……」

あまりのことに、教師二人も言葉を失っている。

確かにシャーロットを苦手とする教師は多いが、優秀さには全く関係ないし、問題も起こしていない生徒を悪く言ったりすることはない。内申書ももちろん満点だ。

何より、王宮魔術師機関への就職は、学院側としても誉《ほま》れなのだ。それを阻害するなどありえない。

「住み込み可と聞いていたので、寮ももう引き払う準備をしているんです。ここまで来て、こんな返信……」

灰桃色の髪が流れて、俯《うつむ》く顔に陰《かげ》を落とす。噛み締めた唇が、その下で歪《ゆが》んでいた。

最高の職場の内定をもらっていたのだ、もちろん他の就職活動などしていない。つまり、薔薇色人生から一転、職もなければ次に住む場所さえも当てがなくなってしまったことになる。

シャーロットの落ち込んだ様子に、学院長は慌《あわ》てて立ち上がった。

「と、とにかくファアレル君。就職先については、こちらで何とかしよう。君ほど優秀な人なら、きっと引く手数多《あまた》なはずだ！」

「そうですよ！　寮の方も、新居が見つかるまで滞在できるよう、こちらから話をつけます。だからどうか、気を落とさないで下さい。ねっ？」

身振り手振りを加えつつ、なんとか励まそうと慌てる二人だが――ふいに顔を上げたシャーロットの紫水晶のような瞳には、憂《うれ》いではなく激しい怒りが宿《やど》っていた。

「……新しい職場はいりません。ですが、学院長にはぜひ協力していただきたく」

「ファ、ファアレル君？」

立ち上る怒りのオーラに、大の男二人が一歩後ずさる。しかし、その分一歩進んだシャーロットが、パンと机上の手紙を叩《たた》いた。

「国直属の機関がですよ？　散々待たせておいて、理由もなく内定破棄。こんなずさんな対応をするなんて、ありえないと思いませんか？」

「そ、そうですね！　おかしいと思います、うん！」

口調こそ大人《おとな》しいが、鬼気迫《ききせま》るシャーロットの様子に、教師はこくこくと首を振り乱す。

「こんな対応、王家そのものへの信用を落としかねない。そう思いますよね？」

「そっそうだな!!」

視線を向けられた学院長もまた、壊れた人形のように頷《うなず》いて返す。共に同意した二人を見返して、小さな唇がゆるやかに笑った。

「手紙を書いていただきたいのです、学院長。私個人からでは、きっと受け取ってもらえないでしょうから。正当な理由を求める抗議の手紙を。可能であれば、話をする機会を設《もう》けて欲しいと」

学院の名義で、と付け加えれば、学院長は一瞬驚いたものの、すぐに表情を引き締めた。

「それぐらいのものならば、すぐに用意しよう。私としても、当学院の優秀な生徒をこのように扱われるなど、非常に腹立たしく思っている。前例を許して舐《な》められても困るしな」

年相応の威厳《いげん》ある顔に戻った学院長に、シャーロットは静かに頭を下げる。

王宮魔術師は確かに国が誇る最高の職だが、この学院もまた、後進育成の要《かなめ》なのだ。無視できるほど立場は弱くないはずだ。

「しかし、いいのかねファレル君。たとえ話し合いの場を得られたとしても、内定が戻る保証はないぞ？　他の職を確保してからでも遅くはないのではないか？」

「ご心配ありがとうございます、学院長。しかし、その機会さえいただければ、あとは自分でどうにかしてみせます……必ず」

気遣わしげに問いかける学院長に返されるのは、強い意志のこもった声。

顔を上げたシャーロットはもう笑っておらず、まるで仮面のような冷たい表情に、男二人はまた肩を震わせる。

「では、よろしくお願いいたしますね」

用は済んだとばかりにもう一度念を押すと、シャーロットは見本のような一礼をして学院長室を去っていく。

「――ああ、やはり、『鉄の魔女』は健在か」

残された教師二人は顔を見合わせ、深く深く溜《た》め息をついた。

シャーロットが廊下に出ると、まるで待ち構えていたかのように、在院生たちから視線が突き刺さってきた。

一応後輩にあたる者たちなのだが、どれもこれも「出待ち」と呼べるような喜色《きしょく》めいたものではなく、どこか怯《おび》えた目つきでシャーロットを見つめている。

「…………」

一方シャーロットは、それらを意にも介さず、すたすたと廊下を進んでいく。彼らの存在など見えていないかのように、足取りは淀《よど》みない。

「……なんで『鉄の魔女』がいるんだよ。卒業したんじゃなかったのか⁉」

「しっ！　バカ、聞こえたらどうする‼」

ふいに耳に飛び込んできた声にも、足を止めることはない。それがシャーロットを貶《けな》したあだ名であることももちろん知っているが、眉一つすら反応しない。

誰に何を言われても動じず、己の決めたことは何が何でも完遂した強い女。嫉妬《しっと》もやっかみも、賞賛にすらも揺らがない鋼鉄の精神。

ゆえについたあだ名が『鉄の魔女』だ。本人が卒業した今も、まだ残っているらしい。

ひそひそと怯える声を背景曲にしながら、廊下を通り過ぎ玄関口へ。挨拶《あいさつ》を交わすこともなく学舎《まなびや》を出ようとして――しかし、ふと聞こえた言葉に、シャーロットは初めて振り返った。

「『鉄の魔女』にちょっかいだしたら、猫に襲われるぞ」

「誰が人間なんかのために、可愛《かわい》い猫を遣わすか」

まさか反応が返るとは思わなかったのか。慌てて走り去っていく在院生を、可愛らしい顔立ちからは想像できないほど冷たい目で睨《にら》みつける。

「冗談じゃないわよ。可愛い可愛い猫たちに、おかしなことなんてさせるものですか」

忌々《いまいま》しげに呟《つぶや》いて、今度こそ学舎を後にする。

――彼女を見送るかのように、どこかで猫が鳴いていた。

学院を出たシャーロットが向かった先は、王都でも特に賑《にぎ》わっている中央通りだ。

道の両脇を様々な店が彩《いろど》り、人々は楽しげに買い物をしている。もちろん年頃の女性が好きそうな店も多数あるが、シャーロットはそのどれにも目をくれず、もくもくと歩き過ぎて行く。

やがて人気《ひとけ》もまばらになり、通りの外れまでやってくると、ようやくとある店の扉をくぐった。いや、店というよりは「厩舎《きゅうしゃ》」と呼ぶのが相応《ふさわ》しいだろう。木造の大きな建物の中には、山盛りの干草と肉付きの良い馬たちが並んでいる。

「おう、アンタか！」

生き物と草の独特の匂いをまとった精悍《せいかん》な男性が、我が物顔で入ってきたシャーロットに、こちらも慣れた様子で声をかける。齢《よわい》十八の女性一人という珍しい来客にも関わらず、馴染《なじ》みの飲み屋のような気軽さだ。

「久しぶりだな。いつもの子で大丈夫かい？」

「うん、お願い。今日中には戻るわ」

「はいよ」

そうして手続きと支払いをサラリと済ませると、男性は一頭の栗毛《くりげ》の馬を連れてきた。

――ここはいわゆる「貸し馬屋」であり、旅人や軍人などが主に利用する場所だ。

学院生には縁のない店のはずだが、シャーロットは慣れた手つきで馬に跨《また》る。スカートを気にしたり躊躇《ため》ったりすることもなく、ピンと背筋の伸びた正しい姿勢《しせい》でだ。

「さすが、いい姿勢だ」

ニカッと笑った男性のそれを合図に、颯爽《さっそう》と駆け出した馬は街から離れていく。

見送る彼に会釈《えしゃく》を返すと、シャーロットは目的地へ向けて速度を上げていった。


――そうして、一時間ほど走らせただろうか。

馬を降りた目的地は、道端《みちばた》としかいいようのない、ただの荒野だった。

乾いた空気にひび割れた土、生えているのはせいぜい雑草ぐらいの何もない場所。

しかし、馬を降りたシャーロットの目はいきいきと輝いている。街道《かいどう》から離れ、無造作に積まれた石の塊《かたまり》に駆け寄ると、当たり前のように跪《ひざまず》いた。

「お久しぶりです、偉大なる我が主《あるじ》。私の『猫神』様」

目の前にあるのは、どう見ても崩れた石の塊《かたまり》だ。かろうじて猫だったかもしれない像の残《ざん》骸《がい》と、何かの文字か記号が見てとれるが、それでも瓦礫《がれき》以外の何ものでもない。が、シャーロットの顔は真剣そのものだ。

『猫神』とは、名前そのままに猫の神である。一応『土地神のようなもの』として記録が残っているが、何を司《つかさど》る神なのかも不明だ。

創造主たる女神信仰が主流の王都では、もちろんほとんど無名の存在。知っている人間の方が少ないだろう——普通の人間は。

「ああ、我が主……いつ見てもお労《いたわ》しいお姿です……！」

しかし、シャーロットは頬を赤く染めて、今にも泣き出しそうに震えている。学院で『鉄の魔女』と怯えられていた人物とは、もはや全く別人だ。

——これこそが、真の姿。

人間よりも猫を愛し、猫のために尽くす猫狂い。猫神を唯一神かつ絶対神と崇《あが》める狂信者。

それが、このシャーロット・ファアレルの正体なのだ。

「ああっまた雑草がこんなに……！　遅くなって申し訳ございません、我が主。すぐに整えますからね!!」

まるですぐ傍《そば》に主君がいるかのような口調に、待機している馬も心なしか複雑な表情だ。端《はた》から見たら、ちょっとアレな人間にしか見えないだろう。

だが、狂信者は大真面目である。どこからか取り出した雑巾《ぞうきん》で瓦礫を磨きながら、テキパキとゴミや雑草を片付けていく。

「あの忌まわしい嵐さえなければ、こんなお姿には……無力な自分が悔しいです」

砂まみれになった雑巾が、手の中で軋《きし》む。

……かつてここには「祠《ほこら》」があったのだ。シャーロットが見つけるまでは放置されており、ほぼ荒野と一体化してはいたが、それでも瓦礫の山ではなかった。

ちょうど半年ほど前、王都近郊で起こった大きな嵐のせいで、猫神の祠は今のような姿になってしまった。

「私がもっと裕福であれば……」

うな垂れるシャーロットの頬を、乾いた風が撫《な》でていく。

実のところ、シャーロットの実家は商家で、特別貧乏というわけではない。

しかし、できの悪い跡継ぎの兄と体の弱い妹に挟まれた三人兄弟で、両親はその二人にかかりきりだったのだ。世話的にも金銭的にも。

『典型的な手のかからない二番目』として育ったシャーロットは支援や仕送りなど期待できず、学院生活すら奨学金で賄《まかな》っていたぐらいだ。

それに、いくら無名とはいえ神を祀《まつ》るものとなれば、建築にはそれなりに費用がかかる。卒業したてのシャーロットには、とても払える額ではない。

ぎゅっと胸元を握りしめると、また瓦礫の前に跪く。

「……実は今日、王宮魔術師助手の内定取り消しの手紙を受け取ってしまいました」

太陽が雲に翳《かげ》り、薄暗い陰に細く息を吐く。

「私は有名な家の生まれではないし、素養も高かった訳じゃありません。ただただ、がむしゃらな努力だけで、首席をとって卒業したんです。あんな手紙一つで、諦《あきら》めたくありません」

意図せず声が低くなる。握りしめた手に力を込めて、シャーロットは顔を上げた。

「だって、あんな高給がもらえる仕事は、王宮魔術師しかないんです!! 同じ額を稼ぐには、内臓を売るか犯罪に走るかしかない！ でも、そんなお金で我が主の祠は建てられません!!」

寂《さび》れた荒野に、シャーロットの叫びが響き渡る。

……果たして、学院の誰が気付いただろう。

歴史に残るほどの高成績を叩き出した生徒の目的が、「高い給料をもらえるから」だと。

それも、猫神などという無名の神を祀る祠を建てるためなのだと。

名門家の子息も貴族の子女も、誰も彼も皆、狂信者の猫愛に勝てなかったのだと。

ちなみに、嵐が起こる前もシャーロットは王宮魔術師を志願しており、その時も「高給職について、沢山《たくさん》の猫と暮らしたいから」と安定の志願理由であった。

「どうか、もう少しだけ待っていて下さい、我が主。私は必ず、あの〝クライヴ・アーネット〟の助手として、王宮魔術師機関に勤めて参ります。そして必ず、最高の祠を貴方様に！」

敬礼のような姿勢をとりつつ、低い音で呼ばれるのはシャーロットの内定先であった王宮魔術師の名前だ。仮にも師として仰《あお》ぐべき存在だというのに、嫌悪感を隠しもしていない。

もっとも、突然あの手紙を送ってきた相手となれば、猫至上主義兼人間嫌いのシャーロットでなくとも、良い印象はなくて当然だが。

「……はあ、それにしても、猫成分が足りません。馬も可愛いですが、やっぱり猫が一番です。前はこの辺りにも野良ちゃんが沢山いたのに、嵐の後はすっかりいなくなってしまいましたね。ああ、撫でたい抱きたい猫ねこねこ……」

ねこねこ呟きながら瓦礫に頬ずりを始める狂信者改め不審者に、待機していた馬はますます微妙な表情になっていく。

人々から忘れ去られた荒野の片隅で、異様な礼拝《れいはい》は陽が傾《かたむ》くまで続いていた。

＊　＊　＊

学院から連絡があったのは、シャーロットが押しかけてから三日後のことだった。

それまで何ヶ月も連絡がこなかったことを考えれば、今回は学院もあちらも真摯《しんし》に対応してくれたということだろう。

ちょうど期日もギリギリだったので、まとめた身の回りの品だけを持ち、寮の部屋を引き払ってから出発する。帰れる場所を無くしてから挑《いど》むのは、決意を鈍らせないためだ。

荷物は通学にも使っていた背負う形の革鞄一つ。質素な生活を心がけていたとはいえ、本人も驚くほど少なかった。

(まあ、身軽な方が楽よね。何としても、あそこに勤めてみせるわ)

そう改めて強く思いながら、決意を込めて髪を高く結ぶ。向かう先は白亜の王城だ。

普段は遠くから眺めるだけの縁のない場所だが、王宮魔術師機関は名の通り、この王城に連《つら》なる棟に研究室を持っている。

衛兵たちに話をつけ、堅牢《けんろう》な門をくぐり抜ければ、学院とはまた違う華やかな景色が視界に広がった。

「……きれい」

整えられた美しい庭には花が咲き乱れ、大理石の回廊には彫刻や絵画が並ぶ。残念ながら猫はいないようだが、まるで物語のような世界に思わず圧倒されてしまう。

呆然《ぼうぜん》と庭を眺めていると、シャーロットの名を呼ぶ男性が駆け寄ってくるのが見えた。

(……あれ？　王宮魔術師機関の人じゃ……ない？)

人好きのする笑顔で近付いてきたのは、三十歳前後の優しげな容貌《ようぼう》の男性。しかし、その装《よそお》いはシャーロットが知る魔術師とは少し違っていた。

フリルの多いシャツにきっちりと結ばれたクラヴァット。ベストや上着の端《はし》には金の刺繍《ししゅう》がきめ細かく入っており、いかにも高価そうな出《い》で立ちは貴族のそれだ。

ゆるく波打つ茶色の髪も毛先まで手入れされていて、寝食《しんしょく》を忘れがちな研究職とはとても思えない。

「私がシャーロット・ファレルです。失礼ですが、貴方様は王宮魔術師機関の方ですか？」

「ああ、そうだよ。よく来てくれたね、ファレル君。僕はデリック・ノーフォークという者だ。どうぞよろしく」

（……ああ）

にっこりと笑って差し出された手を軽く握り返しつつ、シャーロットは男――デリックに気付かれない程度に、眉をひそめた。彼の名に〝よろしくない意味で〟覚えがあったからだ。

ノーフォーク家は魔術師の名門筋で、貴族たちとも仲が良く、お金持ちの家だ。魔術学院にも多くの寄付をしてくれていた。

――まあ、家のことは特に問題ではないのだが。

「今回はうちの者が迷惑をかけてしまって、本当に申し訳なかった。さ、研究室へ案内するよ。ついてきてくれ」

「はい、お願いします」

会釈を返し、デリックから二歩ほど離れながら歩きだす。彼は貴族的なエスコートをしようとしたようだが、一瞬だけ苦笑を浮かべるとゆっくりと並んで話し始めた。

「……実は今回の件について、一番驚いているのは僕たちの方でね。君と学院にはとても失礼なことをしてしまった。本当に申し訳ない」

「……と、言いますと？」

「君の内定取り消しのあの手紙、師事先のアーネットが勝手に書いたものなんだ。もちろん、僕たち他の王宮魔術師には何の報《しら》せも許可もなくね。助手の採用は機関で決めることなのに、困ったものだよ」

「…………は、はあっ⁉」

さらりと衝撃の事実を告げるデリックに、シャーロットも言葉につまってしまう。

「えっと、それはつまり、私の内定取り消しは……」

「ないない、ありえないよ！　君みたいな優秀な人材、次はいつお目にかかれるか。うちの機関は慢性的に人手不足なのに」

マ　ジ　か。

デリックは冗談でも言ったかのように軽い様子だが、それこそシャーロットが一番懸念《けねん》していたことだ。まさか登城数分で片付くとは、もう踊り出したいぐらいの気分だ。

その上、人手不足という情報も得られた。規定の厳しさは周知だが、シャーロットは機関側から勧誘を受けたのだし、能力は足りているだろう。もしシャーロットで足りなかったとしたら、王宮魔術師になれる学院生は存在しないし、人手不足も加速するだけだ。

あの不採用の手紙は、やはりおかしなものだったのだ。

「良かった、内定なくなってなかった……あとはご本人に理由さえ問いつめれば……」

「不安にさせてしまって本当にすまなかったね。ただ、その、問題のアーネットなんだが……君の話に応じてくれるかどうか、わからないんだ」

ホッと胸を撫で下ろすシャーロットに、今度は言いづらそうにデリックが続ける。

「実はここ半年ほど、アーネットはずっと研究室に篭《こ》もりきりでね。公式の行事もすっぽかすし、僕たちも困っているんだ。そこにきて、君の件だよ。あちこちに迷惑をかけて、全く何を考えているのだか」

口調こそ穏やかだが、デリックの声からは苛立ちと嫌悪感が伝わってくる。

同じように迷惑をこうむったシャーロットからしても『嫌な人物』に違いないが、同職のデリックには、また別のしがらみがあるのだろう。まあ、シャーロットには関係ないことだが。

「とにかく、一応案内はするけど、あいつに師事するのは難しいと思ってくれた方がいいよ。面会さえできるかどうか」

「構いません。案内さえしていただければ、あとは私が頑張ります」

「はは、君は強いね。さすが、あの実力主義の学院で首席だっただけはある。……それとも、もしかしてアーネットの外見がお好みのクチかな？」

真面目に話していたデリックの声にふと、シャーロットへの嫌味が混じる。

「外見？」

「彼は女性受けの良い容貌をしているからね。もしかして、君もかと思って」

はて、そういえばそんな話を聞いたような気がする。在学中、同窓《どうそう》の女子たちが騒いでいたようないなかったような。

「人間の顔に興味はありません」

「あ、そ、そう？」

ともあれ、シャーロットにとって人間の顔形など瑣末《さまつ》ごとだ。ハッキリ言えばどうでもいい。

そんなくだらない部分を、師事先を決める基準にはしていないのだから。

無表情で即答したシャーロットに、デリックは一瞬驚いたが、すぐに嬉《うれ》しそうに微笑《ほほえ》んだ。

やはり、何かしら彼に確執《かくしつ》があるのかもしれない。

そうして歩いていると、いつの間にか周囲の風景が落ち着いたものに変わってきている。

広がるのは花壇というより薬草畑であり、彫刻や絵画の代わりに計数機や何かの図面などが飾ってある。学院にも似た雰囲気を見るに、そろそろ研究室が近いのだろう。

勤め先になるかもしれない景色に足を止めてみれば、爽《さわ》やかな風が髪を揺らす。

――ふと、そこにまじったかすかな〝鳴き声〟に、シャーロットは耳ざとく反応した。

（……この声は！）

「ねえ、ファレル君。もし君さえよければ、アーネットではなく僕の研究室に……」

デリックが何か喋《しゃべ》っているが、シャーロットの耳には届かない。

鳴き声と足音はどんどん近付いてくる。ああ、もう、すぐ傍に――!!


「にゃあ!!」

「ひっ!?　ねっ猫!?　なんでこんなところにッ!!」


構える間もなく薬草畑から飛び出してきたのは、一匹の黒猫。

しなやかな身のこなしで跳躍《ちょうやく》すると、デリックの顔面めがけて両前足を突き出した。

いわゆる、『猫ぱんち』の両手版だ。

「ひいいいいい!?　む、無理無理!!　来るな!!　僕は猫が大嫌いなんだよッッ!!」

シャーロットがいることもすっかり忘れて、慌てふためいたデリックは、そのまま飛ぶような勢いで走り去ってしまった。向かっていた先とは、真逆の方向に。

「……あーあ、思ってた以上に最悪！　貴方《あなた》だけは候補にも入れてないわよ！　こんなに可愛い猫の魅力がわからない人間に師事するなんて、お金目当てでも絶対に無理!!」

溜め息をつきつつ、デリックの後ろ姿を冷めた目で見送る。

今回の師事先について、猫狂いのシャーロットが条件として第一に考えたのは『猫を大事にしているか否《いな》か』だ。むしろ、それ以外はほとんど重要視していない。

というのも、多くの魔術師は『使い魔』と呼ぶ使役《しえき》生物を飼っており、魔力の相性によってその種、動物は異《こと》なってくる。

よく見るのはカラスやフクロウだが——件のクライヴ・アーネットの使い魔は猫だったのだ。

それこそが、師事先として彼を選んだ唯一の理由だ。

もちろん、クライヴ・アーネットの容姿には何の興味もないし、デリックが友好的な人物だとしても、猫嫌いを選ぶなどありえない。たとえ仕事でも。

「さてと、こんにちは美しいお嬢様。貴女の魅力がわからないなんて、あの男本当に駄目ね」

デリックが見えなくなったのを見計らってから、シャーロットは躊躇いなく跪いた。

足元には行儀《ぎょうぎ》良く座る一匹の黒猫。先ほど見事な猫ぱんちを放った同一猫とは思えないほど、大人しく佇《たたず》んでいる。

「お近付きのしるしに、お一つどうぞ」

「にゃあ！」

やや警戒している黒猫に、荷物から猫用の煮干しの小魚を差し出す。途端《とたん》に、彼女は嬉しそうに飛びついた。喉を鳴らしながら上機嫌で平らげる姿に、シャーロットの頬もゆるむ。

「どこかの使い魔さんかしら。きれいな毛並み……貴女の世話係は真っ当な人間のようね」

「みゃっ！」

世話係と書いて飼い主と読むのはシャーロットの中では常識である。

夜空の色の毛並みは上質なベルベットのような艶《つや》やかさで、よく世話がいき届いている。しなやかな体は痩身《そうしん》ながらほどよく筋肉がついているし、食事もちゃんともらえているのだろう。

もっとじっくり観察していたかったが、黒猫の後ろに広がる見知らぬ庭を視界に捉《とら》え、シャーロットは現実に引き戻された。

「あー……美人に逢《あ》えたのはすっごく嬉しいけど、案内役がいなくなったのは困るわね。ねえ、お嬢様。クライヴ・アーネットっていう魔術師を知らない？　なんてね……」

「にゃっ！」

猫好きのシャーロットとて、もちろん言葉が通じるわけではない。あくまで独り言として口にしたのだが、予想外にも黒猫は返事をした。それも、「任せろ！」といわんばかりにハッキリとだ。

「……えっと、知っているの？」

「にゃー!!」

再度尋《たず》ねてみれば、また力強い鳴き声。驚くシャーロットの指を舐めると、先導するように歩き始める。しっぽを掲《かか》げた愛らしい姿は、追いかけさせるには十分すぎるほど魅力的だ。

「可愛い……!!　まあ、たどり着けなかったら門まで戻ればいいか。せっかく美人猫が誘ってくれているんだもの、追うしかないわよね！」

ふりふりと揺れる黒いしっぽを目で追いながら、シャーロットはゆったりと立ち上がった。

曲がりくねった道のりを黒猫はどんどん進んで行く。ここは彼女の縄張りなのだろうか。足取りは軽く、警戒する素振りもない。

やがて、やたらと日陰の多い区画にたどり着くと、黒猫はようやく足を止めた。まだ昼前だというのに周囲は暗く、他とは違う湿《しめ》った雰囲気が漂《ただよ》っている。

「……ここが、そうなの？」

かがんで尋ねてみれば、黒猫は嬉しそうにしっぽを揺らした。

暗くはあるが、ここまでに通ってきたところよりも扉同士の間隔が広い。つまり、一つ一つの部屋が広い造りになっているのだろう。

廊下の窓も大きめにとられているのに、何故《なぜ》かどれも暗幕のような厚いカーテンがかかっており、ガラスには目貼りまでされている。どう見ても普通ではない。

「…………」

シャーロットの前には、重厚な木の扉。黒猫は怪しい雰囲気などものともせずに、足元に擦《す》り寄ってゴロゴロと鳴いている。

「部屋に篭もってるって言ってたわよね。いかにもそれっぽくはあるけど」

王宮魔術師という華々《はなばな》しい名の印象とはかけ離れている気がする。建物自体は古くないのでまだ見られるが、そうでなければお化け屋敷だ。

「なぁう？」

不安を募《つの》らせるシャーロットに、黒猫が小首をかしげて問うように鳴く。できればせっかく案内してくれた彼女を疑いたくはないが、どうしたものか。

「……眺《なが》めていても仕方ないか。聞くだけ聞いてみよう」

シャーロットは一息吐くと、覚悟を決めてゆっくりと扉を叩いた。

「あの、すみません！　こちらはアーネット様の研究室ですか？」

大きめに声もかけてみる。……しかし、反応はない。廊下に声が響いただけだ。

「すみません！　誰か!!　いません!!　かー!!」

もう一度、今度はもっと声量を上げて、殴るように叩いてみる。

……反応はない。黒猫も倣《なら》うように鳴いているが、暗い廊下に吸い込まれて消えてしまう。

「留守なのかしら？　でも、引き篭もりなのよね？　だったら、やっぱり誰も……？」

「なぁお……」

黒猫に尋ねれば、困ったように小さく鳴く。やはりシャーロットの言葉にちゃんと返しているようだ。

「賢《かしこ》いお嬢様ね。やっぱり王宮魔術師の猫は違うのかしら」

「にゃあ！」

黒猫はこの短時間ですっかり懐《なつ》いてくれたらしい。愛らしさに荒くなる鼻息をグッと堪《こら》えてしゃがみこむと、彼女の喉を優しく撫でる。

「うわあ、ふわふわ。本当にいい毛並みね！　元はといえば、案内人が逃げたのが悪いのだし。もう少し貴女《あなた》と遊んでから、受付に確認しに……」

「フニャアアアアア!!」

「…………え？」

言いかけて、突然の奇声に顔を上げる。

威嚇《いかく》するような激しいそれは猫の鳴き声であり、しかし傍《かたわ》らの黒猫からではない。目の前の、扉の先から聞こえてきたのだ。

「な、中にも猫がいるの!?　ねえ!!　返事をしてっ!!」

慌てて立ち上がり、扉をまた叩くが反応はない。思い切って取っ手を回せば、硬い鍵が拒絶するようにつき返してくる。

「にゃあ！　にゃあああ!!」

足元の黒猫も心配そうに扉をひっかき始める。

可愛い可愛い猫が危機に瀕《ひん》しているかもしれない――シャーロットが吹っ切れるのに、理由はそれで十分だった。

《――解錠《かいじょう》ッ!!》

力強く叫んだ声は魔力をまとって、『術』として発動する。

ほんの一瞬の熱の後に、魔術陣が浮かび上がり――扉の鍵は、音を立ててはじけ飛んだ。

「猫は……お猫様!! ご無事ですかッ!?」

金属の落ちた音を聞きながら、扉をこじ開けて駆け込んでいく。

室内は夜中のように暗く、散らかっているのか、一歩踏み出す度《たび》に何かが足にぶつかった。

「なっなんだお前!? この部屋にどうやって……ッ!?」

その中央、いくつかの蝋燭《ろうそく》が照らし出す中に、人間が一人立っていた。

頭から足首まですっぽりと黒ローブで覆《おお》われているが、体格的におそらく男だろう。

そして、その男の左腕の辺り――シャーロットの捜し猫が、噛みついてぶら下がっていた。

「…………ッッ!!」

頭に血がのぼって、怒りで視界が染まっていく。

「……この悪党！ 今すぐそのお猫様を離しなさい!!」

「は、猫!? 俺は何もしてねえよ!! お前こそ誰だ!?」

「黙れ猫の敵が!! 離さないのなら、力ずくで離させるまでよッ!!」

「意味わかんねえよ!? 質問に答えろ!! おい、お前もいつまでじゃれてんだ！」

「にゃーぉ」

二人の怒声が飛び交う中、布を噛んだままのぼやけた鳴き声が響く。そしてその声は、猫愛主義者シャーロットの耳に、悲鳴として届いてしまう。

「なんて非道なことを……猫の敵は私が倒す!! 滅べ外道《げどう》が!!」

「はあ!? だからなんなんだよ!!」

目を鋭《するど》く光らせたシャーロットが右手を突き出すと、その前に魔術陣が描《えが》かれていく。

「──魔術師!? くそっ、まさか刺客《しかく》か!?」

臨戦態勢に入ったシャーロットに、ローブの男も空気を変えた。

左腕の猫を抱《かか》え込むと、ローブを翻《ひるがえ》し身構える。この慣れた反応を見るに、男も魔術師のようだ。

暗い部屋の中で魔力が揺らめいていく。ピンと張り詰めた空気は、正《まさ》に一触即発だ。

シャーロットが再び力の篭もった言葉を口にしようとした、その瞬間──!

「にゃー!!」

「ふぎゃっ!?」

既視感《きしかん》を覚える動きで、黒猫がシャーロットの前を横切った。

ピンと伸ばされた両前足は、またしても男の顔面へと伸ばされ、見事な猫ぱんちをお見舞いしていく。

ゆるやかな放物線を描いて黒猫は着地し、猫ぱんちを食らった男の頭からは、軽い音を立ててフード部分が吹っ飛ばされた。

「————…………は？」

魔術を使い損《そこ》ねて呆然《ぼうぜん》としたシャーロットは、視界に飛び込んだそれに、言葉を失った。

中から現れたのは美しい黒髪に、海のような深い色の碧眼《へきがん》。凛々《りり》しく整った顔立ちの美青年であったが——顔などどうでもよくなるほどの衝撃があった。

さらさらの黒髪のてっぺんに、ぴょこんと生えている〝二つの三角〟。

柔らかな毛で覆われたそれは、かぶり物とは思えないほど自然な角度でそこについており、よく見れば少し震えているような気もする。

表面はしっとりとした黒色だが、立体的な内側は生き物らしい温かな桃色で——はっきり言ってしまえば、それは正しく『猫耳』だった。

「貴方、それ……っ！」

「しまったッ!? この馬鹿猫！ なんてことしやがる!!」

男は慌ててフードをひっぱるが、少し遅かった。

いや、遅いどころか、隠しきれなかった別のものまで見えてしまっている。そう、彼の背中の方から、真っ黒な〝細長い毛の塊〟が。

「……まさ、か」

空気を含んで少し膨《ふく》らんでいるが、シャーロットが見間違えるはずもなく——そう、猫のしっぽにとてもよく似ていた。おそらく感情に左右されているのであろう、その動き方さえも。

「ああ、くそっ！　こっち見るな‼」

気付いた男はさらに慌てながら尻の辺りを押さえつけるが、ローブがありえない形になっていて、全く隠せていない。

ゆらゆらと不自然に揺れる裾《すそ》に、シャーロットの視線は釘《くぎ》づけになってしまっている。

「………最悪だ。よりにもよって、無関係の人間に見られるなんて」

絶望したような低い声で呟くと、ローブの男はがくりとその場に崩れ落ちたのだった。


それから十数分後、何ともいえない固い空気の中で、二人は向かい合って座っていた。

結局、腕にぶら下がっていたのは男の飼い猫で、じゃれていただけらしい。毛が長めの茶色のオス猫は、自分の鳴き声が騒動を起こしたにも関わらず、のんびり寛《くつろ》いでいる。

そして、シャーロットを案内してくれた痩身の黒猫もまた、ローブの男の飼い猫だった。類《たぐい》稀《まれ》な跳躍力とぱんちを魅《み》せてくれた彼女も、今はゆったりと毛繕《けづくろ》いをしている。

……何故かどちらの猫も、シャーロットの膝の上で、だ。

「なんで俺の使い魔が、俺以上に懐いていているんだ？」

げんなりとした様子で、ローブの男が溜め息をつく。

ちゃんとした明かりで照らされた室内は、想像以上に酷《ひど》い有様だった。積み上げられた本が床のあちこちで山を成《な》し、その周囲にも走り書きが乱雑に散らかっている。

埃《ほこり》まみれの機材はとても使えるようには見えないが、一応魔術師の研究室であるようだ。今は物を無理矢理どけたテーブルに二人で座っているが、お茶などは期待できそうにない。

「色々と失礼をいたしました。貴方様は、王宮魔術師クライヴ・アーネット様で間違いないですか？」

「……ああ、そうだ。そういうお前は、もしかして俺が手紙を出したヤツか」

「はい。シャーロット・ファレルと申します。シャルとでもお呼び下さい」

丁寧《ていねい》な口調で名乗ると、シャーロットは深々と頭を下げた。

つい先ほど外道呼ばわりしたばかりのシャーロットの変わりぶりに、男――クライヴは苦虫《にがむし》を噛み潰したような顔で頷く。手紙の件で怒っているというならまだわかるが、まさか猫の誤解で魔術を仕掛けられるとは誰も思わなかっただろう。

「……まあ、俺の猫が懐いているのだから、悪人ではないだろうが。なんなんだお前、そんなに猫が好きなのか？」

「大好きです生きがいです猫最高!!　猫に埋もれて死ぬのが夢ですッ!!」

「うおっ!?」

世間話のつもりだった彼の質問に、シャーロットの紫眼がキラリと輝く。

「この細く美しい体つき、獰猛《どうもう》さと愛嬌《あいきょう》が同居する奇跡の顔立ち、もう何と言うか、猫は神が創《つく》った至高の芸術生物ですよね！　三角お耳はどこから見ても可愛いですし、くりくりおめめはどれだけ見つめても飽《あ》きません！　お鼻をくっつけてくれたら幸せになれますし、ちょっとザラザラする舌もぴくぴく頑張るおひげも、もう言葉では言い尽くせませんね……尊いの一言につきます！　こんっなに可愛い顔して、肉食なのも素晴らしい！　あのぷにぷに肉球から爪が出るんですよ！　天才ですよね!?　私も猫にならされたい！　首でも何でも差し出します！　手のひらに乗ってたちびっこが、初めて狩りをしてきた時は本当に感動して……」

「わ、わかった、すまない俺が悪かった。猫はもういい」

恍惚《こうこつ》とした表情で、語る度にぐいぐいと身を乗り出してくるシャーロットに、クライヴは椅子から立ち後ずさる。その拍子《ひょうし》にまたフードが外れかけて、シャーロットの目が嬉しそうにきらめいた。

「……と、とりあえず、本題に入るぞ」

頬を引き攣《つ》らせつつも、退《ひ》かないのは大人の意地なのか。クライヴは咳払《せきばら》いの後に姿勢を正すと、真面目な顔を作って問いかけてきた。

「助手の件については、手紙に書いた通り断ったはずだ。お前は何をしにここに来た？」

「それが納得できなかったので、理由を聞きに来たのです。そもそもアーネット様、私の採用に関しては、個人ではなく機関に決定権があると聞きました。つまり、あの手紙は無効ということになりますよね？」

「……余計なことを知りやがって」

デリックの言った通り、やはり助手内定そのものは生きているようだ。猫愛を語った顔とは別人のような無表情で返すシャーロットに、クライヴの方の眉間《みけん》が歪む。

「俺は助手なんていらない。なのに……あぁくそっ!!　まさかこんなところで見られるなんて!!　今日は最悪の日だ……」

「大変ですね、元気を出して下さい」

「お前のせいで最悪なんだよ！」

苛々《いらいら》しているクライヴとは対照的に、シャーロットと猫たちは落ち着いた様子で彼を眺めている。その姿にクライヴはますます怒りを募《つの》らせていくが……突然ぷつんと動きを止めて、そのままテーブルに突っ伏してしまった。

「大丈夫ですか、アーネット様？　煮干し食べます？」

「猫用煮干しなんぞ食えるか！　……見られたからには、逃がすわけにはいかないが……よりにもよって、こんなおかしなヤツに……なんでだよ……」

ブツブツと呟きながらテーブルに転がるローブの塊は、端から見たらただの変人だろう。しかし、クビはないと確定したシャーロットは、心穏やかにそれを見守っている。

使い魔たちとも早速打ち解けられたことだし、師が変人であろうとも瑣末ごとだ。

あとは彼を説得して、助手として認めさせればいいだけ。そして、説得も言いくるめも『鉄の魔女』にとってはいつものことだ。

それで明るい未来が返ってくる。焦《あせ》る必要はもうないのだ。

猫たちとクライヴの復活を待つこと数分。やがて、ゆっくりと顔を上げた彼は、美しい顔立ちに相応しいまっすぐな目で、シャーロットを射抜いた。

「……シャーロット・ファレル。喜べ、お前を助手として〝使ってやる〟よ」

「おや、説得の手間が省《はぶ》けました。ありがとうございます」

「ああ、右手を出せ。契約を交わす」

……目が据《す》わっているようだが、助手として勤められるならシャーロットに文句はない。これで愛する猫神の祠復活に一歩近付けるのなら。

猫たちを移動させてから、言われた通りに右手を差し出す。すると、シャーロットの細い指に無骨《ぶこつ》なクライヴの指が絡《から》みついた。

「――王宮魔術師クライヴ・アーネットの名の下に、契約をここに交わす。シャーロット・ファレル、お前が俺の助手でいる間は、俺に服従を誓ってもらう。勝手な行動は許さない。俺の指示は絶対だ、いいな？」

「……はい、誓います」

何やら物騒な言い方が気にはなったが、まあ『助手』なんてそんなものだろう。

短く了承を返せば、チリッと手に熱が走った。

「俺の〝呪《のろ》い〟──この姿について、他言することは絶対に許さない。また、この呪いを解くために、持てる力全てをもって協力してもらう。もし逃げたり、誰かに話したりしたら、罪人として身柄を拘束。および、魔術師協会からの永久除名とする。異論はないな？」

（呪い？）

ちらと窺《うかが》えば、クライヴのフードの中で髪とは違う形のものがもぞもぞと震えている。もしや、あの耳やしっぽのことを指しているのだろうか？

「おい、返事は？」

柳眉《りゅうび》が逆立ち、急《せ》かすようにクライヴの指が食い込んでくる。慌てて頷いて返せば、また右手にチリチリと熱が走った。

「契約成立だ、シャーロット・ファレル。言っておくが、これは呪いが解けるまでの契約だからな。お前を正式な助手にするかは、働き次第《しだい》だ。もちろん給与は出すが、それ以上は期待するな。わかったな？」

「は、はあ……」

有無を言わさぬ勢いに首肯《しゅこう》すると、ようやくクライヴは手を解放してくれた。特に傷などはついていないが、恐らく魔術を使った契約だったのだろう。自分以外の魔力がまとわりついていて、不思議な感触を覚える。

しかし、それよりも気になったのは、彼が〝呪い〟と呼んでいたもののことだ。シャーロットからすれば、猫耳も猫しっぽも〝祝福〟か〝奇跡〟としか思えないのだが。

「アーネット様、つかぬことを伺《うかが》いますが、その愛らしいお耳としっぽは元から生えていたものではないのですか？」

「そんなわけないだろう！　俺は正真正銘人間だ!!」

シャーロットの質問に、フードの下で小さな二つ山がぴょこんと立った。クライヴの感情に反応しているのなら、生えているのは間違いないのだろうが。

「そういえば、手に肉球はありませんでしたね。おひげもないし、二足歩行してますし。なんだ、人間か……チッ」

「おい、なんで俺は今舌打ちされたんだ？　人間だって知ってて来たよな？」

「そうじゃなかったら素敵だったな、と」

残念そうに目を細めるシャーロットに、なんとも複雑な表情でクライヴも溜め息をつく。今度はフードが凹《へこ》んだので、あの耳は猫と同じように反応するようだ。

「……まあ、協力を要請しているのはこちらだ。少し事情を話そう。重ねて言うが……」

「他言無用ですね。そんな素敵なお耳としっぽですもの、独り占《じ》めしたいですよね！」

「違うわ呪いだって言ってるだろ！　俺はこれを解くためにお前を助手にしたんだ!!」

もうコイツ嫌だ、と頭を抱えるクライヴを、猫たちは生暖かく見守っている。慰《なぐさ》めに行ったりしないあたり、彼らの主従関係が窺える。

「もういい、勝手に話す。……これが生えたのは半年前だ。突然出てきて、今に至るまで何をやっても取れていない。正直なところ、原因がまずわからん」

「……ふむ」

やや投げやりに説明を始めるクライヴは、その口調こそ軽いが、声に疲れと苛立ちが濃く出ている。思っていたよりも重い状況のようなので、シャーロットもひとまず口を閉じて、大人しく聞くことにする。まあ、今までの会話とて、別にふざけていたつもりはないのだが。

「この症状に該当《がいとう》する魔術も思い当たらない。完全に獣に変身するものなら心当たりはあるが、耳としっぽだけなんて中途半端なものは、俺の知る限りでは存在しない。それで〝呪い〟の類だと予想をつけて、解決策を探していたところだ」

「確かに、私も聞いたことがありませんね。こんな素敵な魔術があるのなら、真っ先に習得していたでしょうし」

「するなよ！　まあ、学院で使う魔術書には検閲《けんえつ》が入っているからな。つい最近卒業したお前に、知識を期待はしていない」

そもそも、現役の王宮魔術師よりも知識のある学生なんて、いたらいたで危険だろう。それこそ、他国の間者《かんじゃ》か何かだと疑われかねない。

「実践で期待されている、ということですか？」

「お前はこの部屋に入ってきただろう？　鍵ももちろん閉めてあったが、誰も入れないように扉には結界を張ってあった。王宮魔術師のそれをやぶったとなれば、こちらも評価を改めざるをえない。優秀な人間は機関としても歓迎だ」

（そんなものあったんだ……）

シャーロットは意外なところで彼から評価されていたようだ。ただ猫愛が暴走しただけなのだが、まあ結果よければよしとしておこう。

「今褒めて下さるなら、最初から採用してくれれば良かったのに」

「ここまで能力が高いとは思わなかったし、誰にもこの姿を見せたくなかったんだ。魔術に該当するものはないが、呪いにならば似たような症例があるからな。疑われることも避けたかった」

淡々《たんたん》と話を聞くシャーロットに、クライヴは眉をひそめる。

ギリッと、彼が握りしめたローブが軋んだ音を立てた。

「多分知らないだろうが、『獣化』という呪いがある。耳やしっぽだけではなく、体がどんどん獣に近付いていって……最終的には理性も消え、完全にケダモノになる呪いだ」

「獣化……」

よく見てみれば、フードの下で猫耳が不安そうに震えている。しかし、シャーロットが視認できるのはそれだけで、覗《のぞ》く顎《あご》の部分や手足はちゃんと人間のものだ。

「人間に見えますが、これから獣化するんですか？」

「しない!!　俺だって真っ先にその呪いを疑ったが、症状はずっと進行していないし、それの解呪《かいじゅ》も効かなかった。俺は獣になんて、ならない」

――なるほど、彼は不安に思っているのか。

怒りとは違う様子で告げられたことに、クライヴの本心が少し見えた気がした。

シャーロットからすれば、猫になる呪いなど祝福と同義だが、成人男性の大きさで猫になってしまうなら、確かに恐怖だ。

その上理性がなくなるのなら、ただの化け物だろう。『呪い』と呼ぶに相応しい末路といえる。

「そうですね……私は貴方のことをまだ全く知りませんが、王宮魔術師の貴方が『違う』と言っているのだから、信じますよ。貴方は人間であって、猫にはならない。残念ですが、そうなのですね？」

「――ああ、そうだ。残念は余計だ馬鹿」

残念です、と続ければ、少しだけ上に向いた顔がふっと笑った。傍観《ぼうかん》していた猫たちも、二人のやりとりに小さく鳴いて、笑っているように見える。

「もしかして、貴方が引き篭もっていたのは、その姿を人に見られたくないからですか？」

「それ以外に何の理由がある？　違うと信じてはいるが、獣化の呪いではないと証明もできない。世の中の人間が皆お前みたいに『猫なら良し』なんて考え方だと思うか？」

「だったら幸せでしたけどね。ああ、勿体《もったい》ない。せっかくの可愛いお耳……」

おもむろにフードへ手を伸ばせば、すぐに身を引いて避《よ》けられてしまった。元々繊細な器官でもあるし、さすがに初日から馴れ合ってくれるほど甘くはないようだ。

代わりとばかりに黒猫が寄ってきてくれたので、ときめく胸そのままに引き寄せる。クライヴはさらに呆《あき》れた様子で、テーブルから離れていった。

「と、とにかくだ。お前の用件は手紙に対する抗議だったんだろう？　助手として雇うことになったのだから、今日はもう帰ってくれるか。機関の方の手続きは俺がしておく」

「いえ、帰れる家がないので、こちらに泊まります」

「は…………はあああっ!?」

黒猫を撫でながら当たり前のように答えれば、ローブを吹き飛ばす勢いで彼の耳としっぽが立ったのが見えた。「逃げ道を無くすために寮は引き払ってきた」そう続けると、クライヴは再び膝から崩れ落ちる。

「お前、正真正銘の馬鹿なのか!?　年頃の女が泊まるところを捨てて動くって、何考えてるんだよ！　俺は男だぞ!!　泊められるわけないだろう!!」

「変に意識をされても困ります。いただいた資料には『住み込み可』とありましたので、助手用の部屋があるのだと思っていましたが？」

「そりゃ一応あるにはあるが、うちは宿じゃないんだ。ただ寝起きと仕事ができるだけで、女を泊められるような施設はない。第一……」

ふいと横へ向いたフードに合わせて、シャーロットも視線を動かす。改めて確認する部屋の中は、足の踏み場もないほどに散らかっている。

「俺の部屋がこうなんだ。察してくれ」

「……察しました。しかし、今から宿をとりに行くのも面倒ですし、猫と寝るところさえあれば、私生活していけますし」

「待て、優先順位がおかしい」

せめて食事を入れろ、とツッコむ彼に猫たちが鳴いて返す。服装と部屋の中は酷い有様だが、クライヴ自身は常識的な人物のようだ。

「……ちょっと待てよ、寮を引き払ったと言ったな？　荷物はどうしたんだ？　まさか、その背負った鞄だけとは言わないよな？」

「これだけですよ？」

そんな彼の様子を見た上で、さも当たり前のように頷くシャーロットに、クライヴは天井を仰ぐ。「嘘だろ……」とかすかに聞こえた声は、空耳ではないだろう。

「それ通学鞄だろう？　そこに収まるって、一体何を持ってきたんだよ。ちょっと下着以外の中身を見せてみろ」

「下着以外ですか？　私物は財布と水筒です。あとは猫用カリカリご飯、猫用煮干し、猫じゃらしに爪とぎ板、猫ブラシに……」

「待て。待て待て待て待て!!　お前の生活用品どうなってるんだ!?　化粧品は!?　いや、何より着替えはどうした!?　お前一応女だよな!?」

「学院の制服がありますよ？」

いそいそと鞄の中身を広げてみると、猫たちは興味津津《しんしん》という様子で駆け寄ってくる。一方のクライヴは、額《ひたい》と胃の辺りを押さえながら、固まってしまった。

テーブルに並ぶのはシャーロットの証言通りのものだけで、化粧品や装飾、貴金属はもちろん、学院の制服以外に衣類もない。

「修道女だってもう少し荷物があるだろう……」

「そうなんですか？　まあ私、奨学生でお金もありませんので」

「猫用品の代金を己にまわす発想はないのか!?」

怒りとも呆れともとれるクライヴの声に、シャーロットが返すのは純粋な疑問の表情だ。

「猫以外に何を優先する必要が？」と、瞳が雄弁《ゆうべん》に語る。

「……いい、もういい。聞くのも馬鹿らしくなってきた。助手にやる予定だったのは、ここの右隣の部屋だ。物置きにしていたところでいいなら、好きに使え。無理なら大人しく宿とってこい。俺はまだ仕事もあるんだ。頼むからもう帰ってくれ」

「いえ、申し訳ございませんが、一番重要なことを聞いておりません。一つだけ質問を」

「…………今度はなんだ」

長いローブに隠れてはいるが、クライヴは心底疲れきった様子で俯いている。しかし、これこそがシャーロットにとって一番重要なことだ。ようやく聞き質《ただ》せる内容に表情を引き締める。

「私のお給金の支払い形態を」

「給金って……ああ、奨学生なんだったな。猫に使う以外で必要なら、俺が貸してやっても構わないが」

「今すぐいるわけではありません。ただ、必要ですし、重要なことです」

「……ほう？」

荷物を広げていた時と違い、シャーロットの目には確かな熱が篭もっている。高給こそが目的なのだから、それも仕方のないことだ。

そんなシャーロットを眺め、考える素振りを見せたクライヴは、ふいに笑みを浮かべた。

「給金は月末に手渡しだ。機関から支払われたものを、俺を経由して渡す。もちろん、情報をいじれないよう魔術のかかった明細付きでな。その様子だと、金額は知っているだろうが」

そこで一旦区切ると、フードの中からぴょこんと三角山が立つ。

「お前の働き次第で、俺が個人的に色をつけよう。これでも金には困っていないからな。お前が解呪に貢献《こうけん》してくれるのなら、報酬ははずむぞ」

「誠心誠意努《つと》めさせていただきます!!」

まるで悪役のように囁《ささや》くクライヴに、シャーロットは即答で頷く。ただでさえ高額な給料に特別手当もつくとなれば、猫神の祠新設へますます近付ける。

今のシャーロットの瞳は、いつになくやる気と希望に溢《あふ》れているだろう。

「……まあ、せいぜい頑張ってくれ」

人らしい熱意を見せたシャーロットに、ようやく溜飲《りゅういん》が下がったらしい。クライヴはローブを翻し部屋の奥へと去って行く。

全て話し終えたシャーロットも一礼して、部屋を出る。そのたった数歩の距離ですら、本やら何やらを踏んでしまいそうで大変だった。

「……なんだか、ずいぶん濃い時間だったわ」

扉を閉じれば、湿った空気の薄暗い廊下がシャーロットを迎える。クライヴが賑やかだったせいか、突然の静寂に耳が痛んだ。

「とりあえず、当初の目的は完遂《かんすい》できたし。上々《じょうじょう》よね」

まさか猫耳の生えた男がいるとは思わなかったけれど。しかし、高給の就職先を無事確保できたのだから、先行きは明るいだろう。

「さてと、確か右隣の部屋って言ったわね」

振り返ると、少し離れたところにもう一つ同じ仕様の木扉がある。こちらに鍵はかかっていないようで、手をかければすぐ音を立てて開いた。が――。

「…………想定内、と言いたくはないけど」

目の前に広がる暗い室内は、正しく物置きとしかいいようがない有様だった。

いや、雑然とものが積んであるだけの様子は、ゴミ置き場といっても差し支《つか》えないだろう。

本や紙の束が床に山を成し、何かの機材などが横向きに転がっている。積もった埃もかなり厚く、扉を開けた動きに合わせて白い塵《ちり》が舞いあがった。

クライヴの研究室もそうだったが、酷いの一言につきる。

「何はなくとも、まずは掃除《そうじ》からね」

目貼りを剥《は》がして窓を開くと、外は清々《すがすが》しい良い天気だ。猫たちと日向《ひなた》ぼっこでもしたいところだが、そのためにはまず、まともに座れる空間から作らなければ。

「我が主の祠のため、可愛い猫たちとの生活のため。やるわよ、私」

ぐっと拳《こぶし》を握り決意を新たにしたシャーロットは、掃除道具を求めて、再び猫耳の男の部屋の扉を叩いたのだった。

二章　助手のお仕事

「なぁお」

「ん……？」

愛らしい鳴き声に呼ばれて、シャーロットの意識は覚醒した。

ぼやけた視界に飛び込むのは、夜を閉じ込めたような美しい毛並みの黒猫。くりくりとした金色の目が、シャーロットを覗《のぞ》き込んでいる。

「……おはよう、お嬢様」

「にゃあ！」

そろりと触れてみれば、嬉《うれ》しそうに指に擦《す》り寄ってくれる。その温かさ、やわらかさのなんと素晴らしいことか。

ああ、なんて素敵な一日の始まりだろう。幸せいっぱいの気分で体を起こしたシャーロットだったが――次に目に入った山に動きを止めてしまった。

「…………ああ、そうだったわね」

雑然と積まれたままのよくわからない機材、ひとまず端《はし》に寄せただけの本の山。溜《た》め息をつけば、肺に入る空気はまだ少し埃《ほこり》っぽい。

ややや強引に王宮魔術師機関に勤めて一日目。まさか、箒《ほうき》を抱《かか》えたまま朝を迎えることになるとは、さすがに思っていなかった。

シャーロットが目覚めたのは、かろうじて座れるようになった椅子と思《おぼ》しきものの上だ。体が痛むのも、変な姿勢《しせい》で寝ていたからだろう。

「なぅ？」

「ん、大丈夫よ。ちょっと腰が痛いだけ。起こしてくれてありがとう」

頭上の窓からは眩《まぶ》しい光が差し込んでいる。太陽の高さから見ても、在学中とそう変わらない時間に起きられたようだ。

ゴロゴロと喉を鳴らすクライヴの使い魔の黒猫を抱きかかえれば、そのすぐ近くには同じ使い魔の茶猫も座っていた。もしかしたら、日向《ひなた》を求めてきたのかもしれない。

「廊下も研究室も暗かったものね。お日様の光を浴びないと、体に悪いと思うんだけど」

もっとも、カーテンもかかっていないこの部屋も、まだ改善の余地がありすぎるのだが。

昨日はとにかく埃やら汚れやらの掃除《そうじ》から始めたので、片付けはまだ済んでいない。

部屋の奥には簡易ベッドと未使用の布団《ふとん》があったので、今日はなんとかそこの確保までは片付けたいところだ。

「さっさと掃除の続きをしたいけど、やっぱり勤め先には挨拶《あいさつ》をしなきゃね」

「にゃあ！」

勤め先ことクライヴが何時から起きているのかわからないが、使い魔たる二匹が自由に活動しているので、出歩くのが禁止というわけではないだろう。

音が鳴る関節を一通り伸ばして、服と髪を適当に整えたシャーロットは、元物置き部屋を出ていく。その先は昨日同様に薄暗い廊下で、思わずまた溜め息がこぼれた。

「換気ぐらいはしておこう……クライヴ・アーネット様！　おはようございます！」

湿気《しけ》っぽい空気を払いながら、すぐ隣の木扉を叩く。周囲は静まりかえっており、シャーロットの声だけが廊下に響いていく。中からの反応もない。

「……鍵が直ってる。さすがに昨日の今日で解錠《かいじょう》魔術で入るのもね」

取っ手をひねれば、昨日よりも硬い感触が返ってくる。魔力も感じるので、鍵を強化しているのだろう。ちゃんと助手になったのだし、押し入るような方法は避けたいところだが。

「……ん？　それなあに？」

ふと足元を見れば、擦り寄る黒猫が何か咥《くわ》えていた。シャーロットが受け取ると、奇妙な形の細い鉄の塊《かたまり》のようだ。先の方が彫り細工になっており、鍵に見えなくもない。

「まさかね…………………開いたわ」

「みゃ！」

どうやら本当に研究室の鍵だったようだ。使い魔とはいえ、猫に部屋の鍵を預けていいものなのか。驚きながら黒猫を見れば、ドヤ！　と誇らしげに笑っている。

「あの人が持たせてくれた……わけじゃないのかしら？」

「にゃーぉ」

まあ、シャーロットにとって世界一愛《いと》しい生き物の前では、人の常識など瑣末《さまつ》ごとだろう。

甘える黒猫をしっかり抱きしめながら、クライヴの研究室に入る。

――途端《とたん》に、シャーロットの背後で硬質な音が響いた。まるで、鉄の扉を勢いよく閉めたような、冷たく、かつ来訪者を拒《こば》む音が。

慌《あわ》てて振り返ってみても木製の扉しか見えないが、その表面には濃密な魔力が満ちているのが感じ取れる。

「……これって多分、防音の結界よね？　こんなもの、昨日はなかったのに」

結界魔術とは、ようするに壁であり盾だ。扉を閉めてしまえば、外の音は全く聞こえない。いくら扉を叩《たた》いても気付かないわけだ。

当然これでは来客もわからないが――言い換えれば、〝出るつもりがない〟ということだ。

部屋も廊下も、訪問者を完全に拒絶している。猫に案内されたシャーロットは、本当に稀《まれ》だったらしい。

（多分、私が押し入ったから強化したのね。なんて警戒心の強い……）

まあ、彼の場合は事情が事情なので、仕方がないのかもしれないが。

気を取り直して部屋の中へ向き直ると、研究室は昨日と変わらず散らかり放題のようだ。足元は罠《わな》のように物だらけ。明かりも少なく暗いため、黒猫は抱いたまま進んでいく。——すると。

「ね、猫耳……!?」

奥の仕事机と思しき場所で、部屋の主が眠っていた。彼もまた仕事をしながら寝てしまったようだが——なんとフードがずり落ちているのだ。

蝋燭《ろうそく》の薄灯りに照らされた彼の頭には、三角耳がぴょこんと立っている。

「すごい、見間違いでも何でもないわ……猫耳可愛《かわい》い……！」

一気に気分が高揚して、シャーロットは書類などを踏みつけながらクライヴに近付く。端整な顔立ちにはやや不似合いな三角が、吐息に合わせてぴくぴくと震えている。

「……おおっ！」

そっと手を伸ばして触れれば、温かくやわらかい。彼の髪質の影響か、触り心地も抜群《ばつぐん》だ。

「なにこれ、すごい気持ちいい……欲しい……」

「……ん？　お前、昨日の馬鹿女っ!?　何してやがる!!」

興奮しながら撫《な》でまわしていれば、持ち主が起きてしまったらしい。

飛《の》び退くように距離をとったクライヴに、つい名残《なごり》を惜しむ声がこぼれる。……ついでに積んであった本の山も崩れた。

「そのお耳の触り心地、素晴らしいです！　無くすなんて勿体《もったい》ないですよ！」

「うるせえよ!!　お前は人の話を聞いてたか!?　これを！　無くすための！　助手だろうが!!」

「……チッ」

「女子が舌打ちすんな!!」

寝起きだというのに、彼のツッコミは絶好調のようだ。

落ちていたフードはすぐに引き上げられてしまい、今のクライヴはまた頭からつま先までローブに覆《おお》われている。猫耳はもちろん、デリックも言っていた美貌も布の中だ。つくづく勿体ない男である。

鉄壁の姿を取り戻し、彼は安堵《あんど》していた……が、すぐ何かに気付いて動きを止めた。

「……ちょっと待てよ。扉の鍵は直したはずだ。何故お前が部屋の中にいるんだ？」

「このお嬢様が鍵を持ってきてくれました。はい、お返しします」

「おいこれ、俺の一本しかない本鍵だぞ!?　なんでここに!?」

手渡された鉄細工に、碧色《へきしょく》の瞳が見開かれる。

まさかとは思ったが、やはり彼は預けていないようだ。となれば、シャーロットのために勝手に持ち出したということで……ペロリと舌を出して誤魔化《ごまか》す黒猫に、クライヴはがっくりとうな垂れる。

「……うちの猫どもは、なんでこう……っ!!」

いつの間にか部屋に入ってきていた茶猫の方が、そんな彼の肩をぽんぽんと叩いていた。

「とりあえず、元気そうで何よりだシャーロット・ファレル。お前、魔術師ではなく『猫使い』に転職したらどうなんだ?」

「そんな職業があるのなら、今すぐ転職しますよ。おはようございます、クライヴ・アーネット様。私のことはシャルとでもお呼び下さい」

それから、クライヴが復活するまでに数分を要したが、二人はようやく挨拶を交わすことができた。彼はずいぶんくだけた様子だが、これでも今日は仕事初日である。

『助手』は何をするべきか考えて、シャーロットは彼が落ち込んでいる間に『お茶汲《く》み』の準備をしていた。

何分《なにぶん》、人間の慰《なぐさ》め方など知らないのだ。それならせめて、助手らしい仕事をしておくべきだと思ったのだが……あっているかどうかは、自信がない。

「俺もクライヴで構わない。……で? 今度は何をしている?」

「お茶の準備をしておりました。助手らしい仕事だと思ったのですが、違いましたか?」

「……ああ、なんだ。まともなこともできたのか」

反応を窺《うかが》えばクライヴは普通に返してくれたので、助手の仕事として正解だったようだ。

こっそりと胸を撫で下ろしながら、拝借《はいしゃく》したヤカンを火にかけ始める。

「そうだ、茶葉かコーヒー粉があれば嬉しいのですが、この研究室にありますか？」

「コーヒーなら多分その辺に埋まってるだろう。カップもあるものを好きに使え」

その辺と指差されたここは、おそらく研究室に備え付けの台所だ。おそらくと感じたのは、それらしい設備はあるのに、食材や調理器具などが一切見当たらないからだ。

代わりに薬研《やげん》や乳鉢《にゅうばち》、秤《はかり》などが幅をきかせているので、薬の調合にでも使っていたのだろう。火の元付近はさすがに片付いているが、湯を沸かしているヤカンも、飲み物用のものか怪しいところだ。

（というか、生活できる環境なのに、その形跡がなさすぎるのよね）

ゴトゴトと沸騰《ふっとう》を始めるヤカンを眺めながら、元物置き部屋を思い出す。物に阻《はば》まれていたが、あちらの部屋にも台所と思しき設備があったのだ。さらには、小さいが洗面所や手洗い、浴槽などもついていた。

クライヴは「寝て仕事をするだけ」と言っていたが、この設備は高級宿と同等のものだ。大半が共用だった学院の寮よりも、よほど快適に暮らせるだろう。

彼自身は「寝て仕事をするだけ」にしか使っていないようだが。

（勿体ない。それとも、それだけだと思うような生活をしているのかしら？）

もっとも、己よりも猫を優先していたシャーロットが言えたことではないが。

火を止めて、発掘された即席コーヒー粉と湯をカップに注《そそ》ぐ。独特のほろ苦い匂いが漂《ただよ》えば、クライヴはどこか驚いたような様子でそれを見つめた。

「……多分傷《いた》んではいないと思いますけど、やめておきますか？」

「いや、買ったの俺だから。そんなに古くないからな？　……そうじゃなくて、温かい飲み物なんて久しぶりだと思って」

「久しぶり？　水もヤカンも火種も部屋の中にあって、しかもお湯を入れるだけですよ？」

「……その手間《てま》を惜しむ生活をしているんだよ」

手渡したそれを懐《なつ》かしそうに見つめながら、クライヴはゆっくりと口に含んで、静かに笑った。きっと味も薄いだろうに、とても穏やかで幸せそうな雰囲気だ。

(高給取りのくせに。この人、こんなことで表情を和《なご》ませるのね)

彼が気に入ったようなので、『お茶汲みは助手の仕事』として日課に組み込むことにした。

彼本人に興味はなくとも、お金を貯めるまではクビにされるわけにはいかないのだ。人間の世話などほとんどしたことのないシャーロットだからこそ、反応を見逃さないようにじっと様子を窺う。

「ふう、ありがとな。いい仕事始めだ」

「い、いえ、助手の仕事をしたまでです」

やがて中身を飲み干すと、クライヴは満足そうに笑った。

ただお湯を沸かしただけなのに、サラリと告げられた感謝に驚いてしまう。

王宮魔術師は皆が憧れ尊敬する者だ。貴族ほどではないにしても、もてなされることに慣れているだろうし、もっと高慢だと思っていた。それが、こんなに簡単に礼を言うとは。

（……昨日から薄々《うすうす》は感じていたけど）

この男は〝お人よし〟なのだろう。そしておそらく、面倒見も良い性格なのだ。

不当な対応をしたとはいえ、昨日からシャーロットのことを気にした発言ばかりしていたし、何より猫たちの毛並みの良さから性格は窺える。自分の部屋は汚いようだが。

だがそう考えると、彼の『呪い』というのが不自然に感じられる。

呪いとは、誰かに災厄や不幸をもたらしめようとする行為。決して褒められたことではないし、魔術師協会でも禁忌《きんき》に定めているものがほとんどだ。

それを犯《おか》してまで、このお人よしを陥《おとしい》れたいような理由があるのだろうか。

……それとも、今は良く見せているだけで、本当は嫌な人間なのか。だとしたら、シャーロットを騙《だま》す理由は何か。その必要性は？

「……なんだ。何か不服そうだな？」

「不服ではありません。少し考えごとを」

「ほう？　目の前に雇い主を置いて、何を考えていたんだ？」

低い声に顔を上げれば、じっとりとした視線がシャーロットに突き刺さる。

お人よしだと思ったばかりなのに、彼の雰囲気はほんの数秒前とは別人のようだ。

（……人間って、本当によくわからないわ）

急に怒ったり笑ったり、ちっとも読めない。これなら猫の方がよほどわかりやすい。眉をひそめてこちらを睨《にら》むクライヴに、思わず溜め息がこぼれる。

「貴方《あなた》が呪われるような人間には見えなかったので、何故かと考えていました。それだけです」

「……ああ」

これ以上面倒になる前に、とシャーロットが素直に答えると、クライヴは一瞬驚いた後、そっとまぶたを伏せた。

「俺も身に覚えはない。職業柄羨《うらや》まれることはあっても、疎《うと》まれたり恨《うら》まれたりするような仕事はしてこなかったはずだ。だからこそ、原因にも犯人にも心当たりがなくて困っている。変人のお前を雇いいれるぐらいにはな」

「……さようで」

コーヒーカップを揺らしながら、どこか寂しそうな口調でクライヴは答える。もし本当に誰かがかけた呪いだとしたら、気付かない内に恨みを買っていたことになる。そういう真実を知るのは、やはり残念なことだろう。

「まあ、最近は妬《ねた》みでも人を殺そうとする輩《やから》がいますからね。貴方の場合は、その線の方が濃い気がします」

「……おだてても何も出ないぞ」

恨みよりはマシだろうと付け加えてみれば、彼はまんざらでもなさそうにシャーロットを見返した。シャーロットには全くわからない心理だが、これも正解の受け答えだったようだ。

（他人に嫉妬する暇《ひま》があるなら、猫に癒《いや》されればいいのに……）

やはり猫至上主義者にとって、人間はよくわからない存在だ。

「私としては、これは呪いではなく、神が与えたもうた祝福であるとしか思えないのですがね」

「ねえよ！　祝福で猫耳を生やすような邪神は信仰していない!!」

試しにシャーロットの真剣な推理を口にすれば、冗談のように一蹴《いっしゅう》されてしまった。絶対神たる猫神の祝福ならありえると思っていたので、邪神扱いはいただけない。

思わず頬を膨らませると、クライヴはそこに空のカップを押しつけ、仕事机へ戻っていってしまう――心なしか、気の抜けたような苦笑を浮かべて。

仕方なくシャーロットがカップを片付けていると、ふと何かを思い出したように、クライヴがまた台所へ入ってきた。

「今度はなんでしょうか？」

「これ、くれてやるから着ていろ。大きさは多分合うはずだ」

差し出されたのは両手に収まるほどの薄い紙袋。中には衣類が畳《たた》んで入っていたが……、

「……制服？」

しっかりとした白の生地に、襟《えり》と袖口《そでぐち》に差し色で紺が入る組み合わせ。裾《すそ》や折り返しには金でさりげない刺繍《ししゅう》が入っており、上等な衣服であることが窺える。

上着は少し丈が長く、軍装のような堅い意匠《いしょう》だ。しかし、合わせたスカートは短く、シャーロットが今着用している学院の制服によく似ていた。当然クライヴのものではないだろう。

「王宮魔術師の服装は自由だが、一応制服はある。いつまでも学院の制服で動き回られるのは、ちょっとな。社会科見学でもあるまいし」

「確かに」

よく見ると、クライヴもローブの下に同じ制服を着ているようだ。男性用のものはより軍装に近い意匠であり、彼にはさぞ似合うことだろう。残念ながら、今はほとんど見えないが。

「制服は白なんですね。魔術的なものは、黒を好む人が多いと思っていましたが」

黒というよりは、夜の色だ。日中よりも魔力が高まるため、魔術師には夜の方が馴染《なじ》み深い者が多い。現に今、クライヴも黒一色のローブを着ているのだが。

「階級というわけではないが、それは俺に割り振られた色だ。だから、その色の制服を着ていれば、お前が俺の助手であると機関ではすぐにわかる」

「へ、へえ。そんなものが」

王宮魔術師機関の事情は知らないが、色を割り振られるというのは上位の人間にしかないことではなかろうか。

色自体は無数にあるが、生地には限りがあるだろうし。いちいち染めなければ出ない色を指定されても困るだろう。……それで服装は自由なのだろうか？

(何にしても、白なんて有名な色を割り振られるなんて。この人すごい魔術師なのかしら)

じっと彼を眺めてみると、彼も何となく落ち着かない様子で「いいから着ろ」とだけ告げてくる。シャーロットとしても、着替えに困らなくなるのはありがたいので、細かい追求は止《や》めることにした。

「大事に着ますね。……あれ、まだ何か入ってる」

「そっちは寝間着《ねまき》だ。私服まで世話はできないが、あった方がいいだろう」

制服の下にはもう一着、淡黄色《たんこうしょく》の薄手の衣装が入っていた。

よくあるワンピース型の女性用寝間着のようだが……レースに飾られた胸元は広く開いており、ところどころ透けて見える。七分丈の袖まわりや裾はフリルが重なった愛らしい意匠で、シャーロットの体に重ねてみれば、輪郭《りんかく》をかなり強調する形であることがわかった。

「…………あの、助手にこういうのはちょっと、通報案件かな、と」

「誤解だ!!」

さすがのシャーロットも困惑してしまったが、広げられた扇情《せんじょう》的な寝間着を見て、クライヴの方が悲鳴を上げた。フードの下からぴょこっと猫耳も立ち上がってしまっている。

「なんだよこれ!?　俺は女性用の一般的な寝間着を頼んだはずなのに!!」

「なるほど、これが最近の人間の一般的ですか……」

　誰に頼んだものなのかはわからないが、受注者にとってこれが『一般的』だったのか。あるいは、独身のクライヴに余計な世話をやいたかのどちらかだろう。

「別に着れなくもないのでいいですが」

「着なくていい!!　こんなもの、今すぐに返品してやる!!」

「せっかくいただいたものですし、寝間着がないのも事実ですし」

　勿体ない精神でシャーロットが寝間着を畳み始めると、わなわなと震えつつもクライヴはそれ以上何も言わなかった。もしかしたら、アレが意外と好みだったのかもしれない。

「とにかく、制服をありがとうございます。先に着替えてきますね」

「あ、ああ。わかった」

　気持ちを切り替えて、ぺこりと頭を下げるシャーロットに、クライヴもフードで顔を隠しながら了承を返す。隠れきらない頬は真っ赤だが、追求するのも野暮《やぼ》というものだ。

　二人で台所から汚部屋《おへや》に足を一歩入れて――、

「えっ!?」

　しかし次の瞬間、彼の方がすっ転んだ。

　それはもう派手に、ローブで掃除をするのかと思うぐらい、埃を撒《ま》き散らしながら。

（……色々と動揺しすぎじゃないかしら、この人）

隣から突然消えた人物を足元に捉《とら》えて、シャーロットの頭にある言葉がよぎる。

「貴方はなんと言いますか、顔立ちは悪くないのに『残念』ですよね」

「うるせえほっとけ!!　くそっ、なんでこんなところに本が積んであるんだよ！」

「貴方が積んだんですよ、多分」

というより、見渡す限り床には何かしら転がっていて、踏まずに歩く方が難しい。

必死にフードを引っ張るクライヴの背中を眺めながら、シャーロットは溜め息をつく。

「助手の初仕事は、掃除に決定ですね」

「…………頼む」

埃舞う部屋の中で、二匹の使い魔たちもそろってくしゃみをしていた。

＊　＊　＊

さて、無事に着替えを済ませたシャーロットだが、掃除といっても研究室は物が多すぎて、箒をかけることもままならない状態だ。何せ物をどかさなければ床の色も見えない。

ひとまず一番床面積を占めている本から仕分け、片付け始めていく。

積まれているのはほとんどが分厚い魔術書であり、どかした先からまた山を築き始めるほどに量がある。よくもまあここまで溜め込めたものだ。

（これじゃ、置き直しただけで変わらないわね）

仕方ないので、邪魔な分はシャーロットの元物置き部屋に移しながら片付けていく。あちらも昨日掃除をしたばかりだが、研究室の方が優先だ。でないと、雇い主ともどもゴミと埃に埋もれかねない。

ちなみに、その研究室の主たるクライヴは、一番奥の角にうずくまりながら、書き物仕事をしている。換気のために窓を開けたせいだろう。チラチラとシャーロットの様子を窺いつつも、姿が見られる危険は絶対に冒《おか》さないらしい。

そして、シャーロットの愛しい使い魔たちは、なんと薄めの本の運搬を手伝ってくれている。これが驚くことに、爪跡も噛《か》み跡も残さず、もちろん唾液をつけることもなく上手《うま》いこと運んでくれるのだ。その愛らしさと献身ぶりに、シャーロットはしばし悶《もだ》えて動けなくなってしまったほどだ。全世界へ向けて、猫最高と叫びたい。

「…………それにしても」

何度目かの運搬の後、シャーロットは深く息を吐いた。区分のわかる本は棚に戻しながら作業をしていたのだが、どうにも量が合わない。どう考えても入りきらないのだ。

「あの人の本じゃないのかしら？」

おもむろに近くの一冊をとってみる。学院でもよく見た、重厚な革の装丁の魔術書だ。めくった表紙の裏側には『共用資料室』と印が押されていた。

「…………うん？」

嫌な予感が背筋を走り、その下の本にも手を伸ばす。まっさらな表紙の中に度々《たびたび》交じってくる、聞きなれない部屋の名前。果てには『国立図書館資料』とシャーロットも知っている施設の名前まで出てきてしまった。

「すみません、ちょっとお聞きしてもいいですか？」

隅《すみ》でペンを走らせるローブの塊にかけた声は、思ったよりも低い。驚いた様子で顔を覗《のぞ》かせるクライヴの目の前に、印が入った本をドンと並べた。

「これ、この部屋のものではないようなのですが」

「ん……ああ、そうだな。機関の共用資料だ。これがどうかしたか？」

「床に積んであったのですが、いつから借りていたものです？」

「…………」

にこり、と珍しく笑ったシャーロットに、そっとフードを引き下ろして顔を隠すクライヴ。

〝返却するもの〟ということなど、当然忘れていたのだろう。

「全部返してきます。よろしいですね？」

「……ハイ、お願いします」

これでもシャーロットは学院で首席を務《つと》めていた者だ。規律をやぶったことは一度もないし、

『鉄の魔女』は学院生の模範《もはん》としても怖がられていた。猫が関わらない限り、だが。

当然あらゆる期限は守るものであったし、本や資料を借りれば、扱いには細心《さいしん》の注意を払ってきた。……そのシャーロットが師事する人間がこれとは、なんとも皮肉なものだ。

「仕分けし直さないと。二人ともごめん、手伝ってくれる？」

「みゃう！」

シャーロットが呼びかければ、猫たちは器用に本をとり、表紙をめくって並べていく。それをシャーロットが仕分けていくので、人間が二、三人いるほどの速さで片付いていく。

「……猫使いすげえな」

眺める本来の飼い主が感嘆するほど手際は完璧だが、何せ量が量だ。分けども分けども続く作業には結局数時間がかかり、終わる頃には皆ぐったりと疲れ、座り込んでしまったのだった。

「……ああ、いけない、お昼過ぎちゃってる！　ごめんね、ご飯にしよう！」

「にゃあ！」

きっちりと仕分け終わった本の山を背に、時間を確認したシャーロットが慌てて立ち上がる。作業にずいぶん没頭してしまったらしい。焦《あせ》るシャーロットに二匹が嬉しそうに続く。

実は朝コーヒーを淹れた時に、やや高級な猫餌と二つの餌容器を発見していたのだ。人間用のものはカップすら埋まっていたのに、優先順位が自分のようだと笑ってしまう。

「お待たせ！　手伝ってくれてありがとう」

　水とご飯をたっぷり用意すれば、猫たちは我先にとがっついていく。その姿を微笑《ほほえ》ましく見守る反面、相変わらず台所とは呼べない様相に戸惑いを覚えた。

　――人間用の食物は、やはり何も見当たらない。

（結局朝もコーヒーを飲んだだけで、何も食べてない。朝を抜く人はよく聞くけど）

　クライヴはまともに食事をとっているのだろうか。昨日は来る前に軽食を買ってきており、シャーロットはそれで済ませたのだが、彼が食事をしているところは見ていない。

　ちらと視線を向けると、クライヴは朝から変わらず部屋の隅で書き物を続けている。ずいぶん集中しているのか、使い魔たちが昼食をとっているのも気付いていないようだ。

（まさかとは思うけど）

　万が一と考えて、シャーロットは手近なお皿にそれを盛り付けて、クライヴの元へ近付いていく。

「…………」

　彼の手元はせわしなく動き続けている。その上、時折空間に白いメモのようなものを浮かばせては、それに書き込んだり飛ばしたりもしている。見ているだけで忙しそうだ。

（確かあれは、通信用の魔術だわ）

　メモに見えるそれは、実際は紙ではなく『言葉そのもの』だ。それを魔術で別の相手へ飛ばし交信することができる。いうなれば、魔術版の伝書鳩《でんしょばと》のようなものだ。

もっとも、限られた範囲でしか使えない上に制御が面倒な魔術なので、よほど急ぎでない限りは、鳩や配達業者に任せる方が楽だと思うが。

「……ん？　なんだ、どうした？」

何度目かの書き込みの後、ようやくシャーロットに気付いたクライヴが顔をこちらへ向けた。

さりげなく隠された書類をよけて、持ってきた皿をそっと差し出す。

「どうぞ、『大満足猫ご飯・おさかな味』です」

「食うか!!」

本の山が崩れる音と共に、クライヴのツッコミが響き渡る。猫耳猫しっぽがあっても、猫餌が主食ではなかったようだ。

「猫餌は猫が食べるから猫餌っていうんだよ!!　俺は！　人間、だ!!」

「その人間の食物が何もなかったので、貴方もコレを食べているのだと思ったのですが」

崩れた山と書類を直しつつ、クライヴはがっくりとうな垂れる。しかし、机付近にも人間の食物は見当たらないし、彼が何かを食べていた形跡もないのだ。シャーロットとしては、至って当然の発想だったのだが。

「……まさか、古代書の仙人のように霞《かすみ》を食べて生きているとか？　この部屋だと、埃!?」

「お前は俺を何だと思っているんだ!?　他の棟に食堂があるから、いつもそこで買って食べている。もちろん人間の食事をな！」

不穏《ふおん》な予想に呆《あき》れた声を返しながら、クライヴはローブの中から財布を取り出し、そのままシャーロットに放り投げた。ずっしりと重みのあるそれには、かなりの金額がつまっている。

「はあ、全く……昼食だろ？　お前の分も出すから、それでお使いに行ってきてくれ」

「構いませんが、財布丸ごとってずいぶん信用されていますね、私」

「全財産じゃないから心配するな。使う分を適当に入れてあるだけだ」

なるほど、彼は高給取りらしいズレた金銭感覚を持っているようだ。少し多めの食事代だけ抜き取り、到底使わないであろう残額と財布は返却しておく。

「道案内はそいつらに頼むから、少し待っていてくれ。俺はそうだな……このメモをそのまま渡してくれれば、伝わるだろう」

「了解しました」

それまで書いていたものから一枚を抜き取ると、クライヴは品目を書いて渡してきた。

男性特有の硬い書体で、シャーロットも知っている食べ物の名前が記載されている。王城に隣接する施設だが、普通に食堂と思って良いようだ。高級食品ばかりなら、さすがにお使いできる自信がなかった。

「そういえば、先ほどの『共用資料室』も、ここことは別の棟にあるんですか？」

「ああ、食堂への通り道にあるな」

「では、ついでに返却も済ませてきますね」

仕分けを済ませておいてちょうどよかったようだ。シャーロットが両手に持てる一山分を用意していると、食事を終えたらしい黒猫が合流してくれる。

「では、行って参ります」

「……気を付けてな。おい、頼むぞ」

「みゃ！」

飼い主に元気よく返事をした黒猫と共に、初めてのお使いへと扉を出る。

……が、出て早々に圧《お》し掛かる重さによって、シャーロットは足を止めてしまった。

「お、重い……ちょっと持ちすぎたわね。ええと、《重量軽減》発動っと」

慌てて駆け寄って来る黒猫に「大丈夫」と笑いかけ、呪文の言葉を囁《ささや》く。

途端に厚い束に魔術陣が浮かび上がり、すっきりと軽くなった。シャーロットの細腕でも、易々《やすやす》と持ち上げられるほどに。

あまり有名な魔術ではないが、覚えておいて良かったと思う便利な術の一つだ。

安心した様子の黒猫と並んで、まずは共用資料室へ向けて歩みを再開する。

（……それにしても、あの人さすがだったわね）

重さに煩《わずら》わされなくなったせいか、ふと、先ほど見た彼の様子が思い出される。

掃除の傍《かたわ》らでクライヴがしていたのは、どうやら翻訳作業だったらしい。

すぐに隠されてしまったが、見えたものはびっしり文字が並んだ紙と、翻訳元と思しき古い羊皮紙――それは古代語と呼ばれる、半分記号のような文体だったのだ。

驚いたのはそのものにではなく、彼が辞書や資料を使わず、そのまま翻訳していたことだ。

シャーロットとて解読はできるが、参考資料を使いつつ、さらに膨大な時間をかけてやっとできる代物《しろもの》だ。おそらく、暗記しているのであろう彼の知識は計り知れない。

（もし仮に魔術が使えなくなったとしても、博士や考古学者としてやっていけるわね）

猫を基準に選んだ師だったが、どうやら彼は素晴らしい実力者のようだ。曰《いわ》く期間限定の助手らしいが、それならそれで、できる限り学ばせてもらいたいものである。

もちろん、猫神の祠《ほこら》資金を貯《た》めるのが最優先だが。

「なぁお」

「ん？　あ、着いたの？」

そうこう考えている内に、先の目的地『共用資料室』に着いていたらしい。

研究室の廊下と違い、澄んだ空気と明るい景色にホッとしながら、両開きの扉を押し開ける。

視界に広がったのは、資料室というよりも大きめの図書館だ。天井まである背の高い棚にはビッシリと本がつまっており、独特の匂いが満ちている。

見慣れない顔のせいか一瞬利用者たちの視線を集めてしまったが、司書が本の山を受け取りに駆けつけてくれたので、手続きはすぐに済ませることができた。

クライヴ・アーネットの名を出せばとても驚かれたが、「残りの本もすぐ返すよう伝えてくれ」とシャーロットが釘《くぎ》をさされてしまった。

他には問題もなく返却処理は済み、軽くなった身で次の食堂へ向かおうとして、

「おや？　まさか、ファレル君かい⁉」

シャーロットの背に、聞き覚えのある声がかけられた。振り返れば、貴族のような派手な装いの男が小走りに近付いてくる。

「……デリック・ノーフォーク様」

「やっぱり君だったか！　アーネットのところの助手になったと聞いて驚いたよ！」

昨日ぶりに会う茶髪の優男《やさおとこ》は、嬉しそうにニコニコと微笑みかけてくる。案内を放棄し、シャーロットを置いて逃げたことはすっかり忘れているようだ。

「あいつと会って大丈夫だったかい？　何か、無理を強《し》いられてはいないかい？」

「おおむね良好です」

部屋が汚い以外には、と言いかけて口を閉じる。彼はシャーロットのことは気にかけているようだが、反面クライヴには良い感情を持っていない様子だった。

せっかく助手になれたのだし、余計なことを言ってクビにされるのは困る。

「……ん？　あっこの本！　ずっと探してたんだよ。どこにあったんだ？」

（げっ！　あれはさっき私が返した本だわ）

ふと、受付机に視線を向けたデリックが、驚きの声を上げた。まだ積まれたままのそれは、つい先ほどシャーロットが返したばかりの本だ。つまり、クライヴがずっと借りっぱなしにしていたもの。――もしかしたら、他にも探していた本が紛《まぎ》れているかもしれない。

(私のせいじゃないけど、追求されたら面倒くさいわ。ここは知らないふりをしておこう)

私は何も知りません、という無表情を作ったシャーロットは、デリックからそっと視線を逸《そ》らす。気付かれないように、こっそり足を出口へ向けるのも忘れない。

「……おっと、いけない。本は後だ、君と話していたんだったね」

少しの間司書に質問していたデリックだが、すぐにまた笑顔を浮かべると、離れようとしているシャーロットの手を掴《つか》んだ。伝わる生暖かさに、シャーロットの眉間《みけん》に皺《しわ》が入る。

(忘れてくれてよかったのに！)

シャーロットを逃がさないようにだろうか。その手を振りほどく間もなく、口を開いたデリックはまくしたてるように質問を投げかけてくる。

昨日はどうしたの、今日は何の仕事を、何か困っていないか、食べ物は着るものは泊まるところは……答えても答えても続く質問に、見守る司書も苦笑いだ。

「ファレル君、昼食はまだなのかい？　よかったら、案内も兼ねて一緒に――」

「フギャアアアアアア!!」

そろそろ殴ってもいいだろうか、そんなシャーロットの苛立《いらだ》ちを読むかのように、デリックの誘いを遮《さえぎ》って激しい鳴き声が響き渡った。

びくっと肩を震わせたデリックの視線の先では、毛を逆立てた黒猫が、威嚇《いかく》するように彼を睨んでいる。

「ひいっ⁉　ま、また猫⁉」

悲鳴のような声を上げると、デリックは既視感《きしかん》を覚える動きで資料室の奥へと逃げて行く。

司書も「今の内に行きなさい」と手を振ってくれたので、一礼してから資料室を後にした。

「また助けてもらったね。本当にありがとう、お嬢様！」

「にゃあ！」

廊下へ出ると、さっきとは別猫のような愛らしい黒猫が、シャーロットの元へ擦り寄ってくる。感謝を込めて抱き上げれば、嬉しそうに喉を鳴らして応えてくれた。

「ああ、このもふもふ感、最高に落ち着くわ……やっぱり私には猫が一番。人間の良さなんて、ちっともわからないわよ」

「なう？」

「せめて貴女《あなた》の飼い主は、他の人間よりマシならいいのだけど」

やわらかな毛に顔をうずめながら、シャーロットは誰に言うでもなく小さく呟《つぶや》く。その声は自身が思うよりも、疲れてかすれてしまっていた。

資料室で予想外に時間をとってしまったが、その後は誰かに呼び止められることもなく順調に進むことができた。

棟と棟とを繋《つな》ぐ中庭の渡り廊下へさしかかれば、温かい日差しと風が二人を包み、黒猫が眠たそうにあくびをこぼす。

閉め切られたクライヴの研究室は、昼でも薄暗く日は差さない。いくら夜行性の猫とはいえ、全く日に当たらないのはやはり問題があるだろう。

シャーロットも叶《かな》うなら、この庭の木陰あたりで使い魔たちと昼寝を楽しみたいところだ。

「……でもここの機関、猫はあんまりいないのよね」

昼寝に良さそうな木陰はいくつもあるが、せいぜい小鳥が少しいるぐらいで、他の動物、もちろん猫の気配もない。師事先を選ぶ際に知ったことだが、実は使い魔に猫を選んでいる王宮魔術師は本当に少ないのだ。

クライヴの他には数えるほどしかおらず、助手を募集しているところとなれば、彼一択であった。おとぎ話でも魔女の使い魔と言えば黒猫が定番であるのに、現実はなかなか上手くいかないものだ。

「いつかこの中庭いっぱいに猫たちを放して、皆でお昼寝とかしてみたいわね」

「にゃー！」

壮大な願望を語るシャーロットに、黒猫も賛同するように高く鳴く。

もっとも、シャーロットが使い魔を持つのはまだ先の予定だし、今は助手の身。しかも勤務一日目である。まだまだ遠い夢の話だ。

それでも、少しだけ元気を取り戻した二人は足取り軽く渡り廊下を過ぎ、目的地であった食堂へようやくたどり着くことができたのだった。


(………広い)

足を踏み入れたそこは、王都の食堂の何倍もの広さを持つ、巨大な空間だった。

さすがに王宮魔術師だけの施設ではないのだろう。騎士のようなたくましい者や、貴族の侍従のような身なりの良い者も見受けられる。

一角が受付と厨房《ちゅうぼう》で、残りは全て食事の席として使用されているらしい。皆思い思いのものを盆に載せて、食事を楽しんでいる。

受付の特大看板に掲げられた品目は、シャーロットが見慣れた食べ物から聞いたこともない珍妙なものまで並んでおり、利用者層の幅の広さが窺えた。

「おや、見ない顔だね。その服は王宮魔術師だと思うけど、どちら様かな?」

「クライヴ・アーネットの助手です。このメモのものをお願いします。私は……これで」

クライヴのメモと自分用の注文を伝えると、受け取った受付の中年女性は驚いた表情でメモとシャーロットを見比べる。やがて、輝くような顔になると、シャーロットの手を取り豪快に笑った。

「そうかそうか！　あのきれいな魔術師さん、隅に置けないね！　本人を見ないから心配していたんだけど、いやあ元気そうで良かった良かった！」

「はあ……？」

「こんな可愛いお嬢さんを連れてくるとはね！　恋人かい？　それとも、もう婚約とかしちゃってるのかい？　あの人、生活力がないからよろしくねえ」

「私はただの助手です」

「やあ、めでたいね！」

会話がちっともかみ合わない。シャーロットは眉をひそめて助手だと繰り返すが、女性もその後ろで調理をしている人間たちも、冷やかすように笑うばかりだ。

（……これだから人間は苦手なのよ）

溜め息をつくシャーロットに「お祝いにおまけつけておくよ！」と女性は益々《ますます》にぎやかす。

もうどうにでもするといい。

「最近は猫ちゃんしか来ないから心配してたけど、もう安心だね！」

「だから助手で——待って下さい、うちの可愛い猫がお使いをしていたんですか!?」

食堂の女性はまだ何か言っているようだったが、シャーロットはそれどころではない。

まさか人間の食事のお使いを、この小さくも愛らしい猫たちにさせていたというのか？

ちょっとした買い出しならまだしも、食事なんて重量のあるものを？

「はい、お待ちどう！」

そして、ちょうどシャーロットの前に用意された持ち帰り用の大盆を見て、怒りは一気に頂点へとのぼった。

（こんな大きなものを猫に⁉　こんなの虐待じゃない‼）

脳裏《のうり》に浮かぶのは、重たい大盆を体に載せて、フラフラと震えながらお使いをする使い魔たちの姿。シャーロットですら両手を広げてやっとのそれを、この可愛い猫たちに……‼

「失礼します‼」

怒り任せに盆を掴むと、シャーロットはすぐに踵《きびす》を返して駆け出した。——その背を食堂中の人間が注目していたことなど、全く気付きもせずに。

「おいクライヴ・アーネット様！　ちょっとお顔貸してもらえます⁉」

食堂を出て数分後、無事研究室に戻ってきたシャーロットは、扉を足で蹴飛ばしながら声を上げた。両手が塞《ふさ》がっているとはいえ少々はしたないが、憤《いきどお》っているシャーロットに恥や外《がい》聞《ぶん》という意識はないようだ。

「よかった、無事だったか」

二度目の蹴りを振り上げたところで、意外にも扉が開かれる。それも、安心したようなクライヴの声と共に。

「……もしかして、待っていたんですか？」

「ちょっと思うところがあってな。それ持つからこっちに、さぁ入ってくれ」

「え、あ、はい」

まさか引き篭《こ》もりが出迎えてくれるとは思わず、驚いたままに大盆を手渡して、シャーロットも部屋に入る。同行していた黒猫も続くと、クライヴは再び施錠《せじょう》と結界を展開させた。

「まずはお使いありがとう。それから……重いものを持たせてすまなかった」

「重いもの？」

向かい合うように近付いたクライヴは、フードの陰でもわかるほどに沈んでいた。しかし、シャーロットの方は指されたものがいまいちピンとこない。

大盆のことかと思ったが、これが頼まれたお使いの目的であるわけだし、そもそも怒っていたせいで重さなど覚えていない。

「あ、もしかして、本のことですか？」

では、と行きに置いてきたそれが思い当たる。シャーロット自身も一度足を止めたほどの重さだったが、魔術を使ったためにすっかり忘れていたのだ。

シャーロットの答えに、彼は申し訳なさそうに頷《うなず》いた。

「残ったこの猫が怒ってくれて気付いたんだが、男の俺でもキツい重さの本を、細い女のお前に持たせてしまった。階段もあったはずだし、大変だっただろう？　初日から辛《つら》いことをさせてすまなかった」

「いえ、私《重量軽減》の魔術を使えますので、何の問題もありませんでしたよ」

「重量……？　ああ！　あの魔術か！」

きょとんと答えたシャーロットに、クライヴも一瞬止まる。が、すぐに手を叩いて喜んだ。

学院で女教師に必須だと教わったものだが、やはり有名ではないらしい。

「そうか、お前あれが使えるのか！　本当に優秀だったんだな。よかった……」

「ちっともよくありません。食堂で聞きましたが、猫たちにお使いをさせてたってどういうことですか!?　あの可愛いお口に、小さなおててに、人間用の盆が持てるとでも!?　引き篭もるのは結構ですが、猫虐待なら容赦《ようしゃ》しませんよ！」

「はあ!?　何の話だ!?」

クライヴがホッとしたのも束《つか》の間《ま》、シャーロットが一気に距離をつめ、フードをひっぱった。

慌てて彼も押さえ返すが、猫愛を発揮した細腕の引く力はかなり強い。

「同じ耳が生えてるくせに、猫を虐《いじ》めるなんてっ！」

「誤解だ馬鹿!!　確かにお使いには行ってもらったが、ちゃんと《運搬の魔術》をかけている！　そもそも猫が盆を運んでくるとか、物理的に無理だろう!!」

「なんだ、それならいいです」

割と必死にフードを守っていたクライヴに対し、答えを聞いた途端にシャーロットは手を離した。当然、勢いを殺しきれない彼は力のままにつんのめってしまう。

体が転がる前に大盆を奪いとったシャーロットは「何してるんですか？」と呆れながら足下を眺める。……彼は泣いても許されるかもしれない。

ちなみに《運搬の魔術》とは名前の通り、対象を浮かせたまま運ぶことができる魔術だ。浮かせる高さや運ぶ距離によるが、基本的に魔力の消費が大きいため高難易度に分類される。自分で動けるなら《重量軽減》の方がよほど使い易いが、出られない彼では仕方ないのだろう。

「一回お使いに行かせるだけで、こんなに疲れるなんて……人間の助手ができて楽になったはずなのに、何故だろうな」

「もしもし、食事いらないんですか？　それとも、やっぱり猫ご飯食べます？」

「……人選を間違えたんだろうな、きっと。心配して損した……」

どんよりとしたローブの塊の呟きは、降り積もる埃と共に暗い部屋に溶けていった。

＊　＊　＊

シャーロットの記念すべき助手就任一日目は、見事に掃除と片付けだけで終わった。

昼食後も二回ほど資料室へ返却に行ったが、それでもまだ室内には本が山積みで残っている。

とりあえず、いつでも持っていけるように括《くく》って仕分けをし、残りの時間は全て掃いたり拭《ふ》いたりに費《つい》やした。

結果、歩いても何も踏まない床がいくらかと、日常で使うもの付近は掃除完了。棚の上など死角になる場所は、明日以降に進めていくことになりそうだ。

「俺の研究室って、こんなにきれいになるんだな……」

「ご安心下さい。まだ一般的な部屋と比べれば、汚い方ですから」

驚きに目を輝かせるクライヴに、思わず溜め息がこぼれる。元が酷すぎるだけで、まだ掃除するべきところは山ほどあるのだ。

(これじゃあしばらくは、魔術師助手じゃなくて掃除婦ね)

元物置き部屋に戻れば、こちらもまだ散らかっていて頭を抱えたくなる。ひとまず、当初の目的だったベッド周りだけは片付けたので、今夜は横になって眠れそうだ。

「廊下も湿気っぽいし、カーテンも洗いたいし……はあ、まだやることが多いわ」

ごろんと転がれば、思ったよりもやわらかい弾力が迎えてくれる。さすが王宮魔術師、仮眠用でも良いものを使ってくれている。

「せっかく首席で卒業したのに、就職先が掃除婦とはね……」

横になったせいだろうか、今までとは違う疲れ方をした体が、不満や不調を訴えてくる。

今日は初日だが、掃除の合間に質問をしたり、こっそりクライヴの仕事を覗き見たり、「魔術師としてやる気ありますよ」という主張はしてきたつもりだ。

しかし、彼からの答えは『こちらには近付くな、掃除をしていろ』の一つのみで、結局翻訳をしていたことしかわからなかった。教えてもらえたのは、掃除道具の置き場所ぐらいだ。

――自分の仕事にこだわりがあるのはわかる。責任を持ち、最後まで一人で全《まっと》うする姿勢も、むしろ尊敬するべきことだ。シャーロットもわかってはいる。

「助手なんて、雑用係と同じようなものだとは思うけどね」

それでも、どうしても不満を感じてしまうのは、シャーロットも知的探究心の強い魔術師なのだから仕方ない。行動はともかく心は偽《いつわ》れないものだ。

新しいことは知りたいし、学べるのなら教えて欲しい。何より、シャーロットは自身の努力の結果を知りたい。

魔術師として誰にも負けないよう励《はげ》んできた己が、学院以外の場所でどれだけ通用するのか。認めてもらえるのか。仕事だとわかっていても、承認欲求はつきない。

「……いやいや、愚痴《ぐち》ったら駄目よシャーロット・ファレル！　これも全て我が主の祠のため。お金がもらえるのなら、魔術師でも掃除婦でもどっちでもいいのよ今は！」

うっかり落ち込みそうになったが、本来の目的を思い出し、慌てて頬を叩く。

そう、今重要なのは仕事内容ではなく給金の額《がく》だ。目を閉じればありありと思い出せる、瓦《が》礫《れき》と化した祠の姿。一日でも早く建て直し、猫神に安心してもらうことが最優先なのだ。

「ああ、我が主！　私の猫神様！　貴方様の下僕《げぼく》はここで頑張って参ります！」

ぎゅっと組んだ手を額につけて、祈るように目を閉じる。うるんだ熱っぽい瞳の先には当然天井があるだけだが、猫神がきっと見守ってくれている気がした。

「……なぁお」

「あら、お嬢様？　こんばんは」

そんなシャーロットのベッドの足元へ、いつの間にかクライヴの黒猫が寄ってきていた。

馬すら呆れた奇行を穏やかに見ているのは、やはり同じ生き物の神への祈りだからか。彼女にも通じるものがあるのかもしれない。

「どうしたの？　夜ご飯は食べたよね？　何か困りごと？」

人語が伝わるのはわかっているので、ベッドから下りてそのまま尋ねてみる。すると黒猫は踵を返し、扉の元へと向かった。まるでシャーロットを導くように。

「外へ行くの？　……もしかして、あの人が呼んでいるの？」

「みゃあ！」

頷くように目を細めると、ひと鳴き返される。夜もだいぶ更《ふ》けており、事前に聞いていた就業時間は一応終わっているはずだが。

「もしかして、これが特別手当のつく仕事？　初日からあるとは思わなかったわ」

いずれにしろ、ここでシャーロットが行かず、黒猫が叱《しか》られてしまうのは困る。

上着を羽織って彼女に続けば、黒猫は嬉しそうにしっぽを揺らしながら、暗い廊下の奥へと歩み始めた。

(呼んでるって研究室じゃないの?)

黒猫はすぐ隣の扉を通り過ぎ、ずんずん先へ進んでいく。

この研究室棟の割り振りは聞いていないが、廊下の窓まで目貼りをしている辺り、クライヴが権限を持っているのだろう。ここに来て二日経《た》つが、他の人間は見ていないし、物音すら聞いていない。まるで一人と一匹だけの世界、重い空気の中にシャーロットの足音だけが響く。

(……夜はさすがに不気味ね)

厚いカーテンに覆われているせいで、窓から月明かりが入ることもなく、ところどころに灯《とも》る明かりも心もとない。夜目《よめ》が利《き》く黒猫は問題ないだろうが、人間のシャーロットには不安を覚える暗さだ。

「にゃあ」

そんなシャーロットに気付いているのか、黒猫が何度も振り返りながら先導してくれるので、転ばずには済みそうだ。微笑みを返しながら、暗い廊下を進み続ける。

やがて廊下の終わり、突き当たりの壁の大きな扉の前で、黒猫は足を止めた。研究室のものの二倍ほどある木扉には『儀式用』と小さなプレートがかかっている。

「儀式?」

あまり馴染みのない言葉に疑問符を浮かべていれば、扉が内側からゆっくりと開かれた。

「……来たか。他には誰もいないな？　よし、入れ」

現れたのは、変わらず真っ黒なローブ姿のクライヴだ。扉の隙間《すきま》から周囲を窺うと、シャーロットと黒猫を慎重に中へ招き入れる。

引き篭もりじゃなかったのか？　と驚きつつ、足を踏み入れた先は――。

「………ナニコレ」

何これ、としか表現できないものが、広い部屋いっぱいに展開されていた。

中も廊下と変わらず暗く、八方位と部屋の中央に置かれた燭台《しょくだい》だけが唯一の光源。その下の床には、それらの燭台を起点とした魔術陣がびっしりと描き込まれている。

四隅《よすみ》や陣の端にはよくわからない何かが供《そな》えられており、思わず「生贄《いけにえ》」という言葉が頭をよぎった。怪しく、妖しく、名状《めいじょう》しがたいこの光景は、正しく――。

「呪いの儀式でもするつもりですか？　それとも降霊会？　邪神召喚？」

「どれも違う!!　解呪《かいじゅ》だよ、解呪!!」

かなり本気で心配して聞いてみれば、昼間と変わらぬ元気な怒声が返ってきた。よかった、まだクライヴの正気度は無くなっていないようだ。

元気な足音で近付いてくる彼の隣には、黒猫を労《ねぎら》うようにじゃれる二匹の姿。その愛らしさのおかげで幾分《いくぶん》か気持ちも和《やわ》らいだが、何にしても不穏な風景である。

「どう見ても解呪なんて前向きな用意じゃないですよ、これ。恐怖体験もいいところです」

「同感だが、そう専門書に書いてあるんだから仕方ないだろう？　俺だってこんな奇妙な儀式をするのは初めてだしな。資料の通りにやったらこうなったんだ！」

わあ、初体験。などと茶化している場合ではなさそうだ。クライヴは初日に「何をやっても治らなかった」と複数の解呪を試したことを語っていた。

今までこれを試していなかったということは、考えられる理由は二つ。

「……一人ではできない方法なのか、危険すぎて試していなかったか」

「さすが鋭《するど》い、前者が正解だ。お前がきてくれたからこそ、この儀式を試すことができる」

予想を口にしてみれば、フードから覗く唇がニヤリと笑った。

彼は確かに「実践でのシャーロットに期待している」と言っていたが、まさかこんな訳のわからないもので必要とされるとは思わなかった。

そもそも、複数人で使用する魔術など、学院では習っていない。協力や連携は学んだが、それは一人一人が使う魔術を組み合わせているだけだ。「儀式」と言われてもピンとこない。

「そう不安そうな顔をするな。卒業したてのお前に無理を強いるつもりはない。やってもらいたいことは、割と簡単なはずだ」

「……お気遣い感謝します」

つい顔に出てしまったようだ。クライヴは少しだけフードを持ち上げると、美しい碧色の瞳を見せながら、今度はやわらかく笑った。

「お前には俺と一緒にこれを詠唱してもらいたい。それだけだ」

「これは……呪文、にしては長いですね」

クライヴが差し出したのは二枚の紙。一面にびっしりと言葉が書かれており、読んでみれば魔術の呪文であることがわかった。

しかし長すぎる。シャーロットが知る限り、時間のかかる魔術の呪文でも、この紙の半分も埋まらない。明らかに異常な量だ。

「長いだろう？　この解呪儀式は、その長ったらしい呪文を〝途切れさせずに〟二時間ほど詠唱しないと成功しないそうだ」

「はあっ⁉」

思わず変な声が出てしまった。途切れさせず、つまりは〝息継ぎ禁止〟ということだ。

膨大な量を声に出して読むのに、どう考えても不可能だろう。

「だから、二人以上の人間が交代で唱《とな》えろってことだな」

「な、なるほど。世の中にはこんな魔術もあるんですね」

学院を卒業しても、まだ知らないことは多いらしい。

もっとも、普通に生活する上では、呪いにまつわる魔術など縁がないだろうが。

「俺から唱え始めるから、一行ずつ交代で続いてくれ。ゆっくりで構わないから、噛むのはできるだけ避けて欲しい。できるか？」

「難読文字もないし大丈夫だとは思いますが。わかりました、気を付けます」

中央の燭台を間に挟んで、クライヴとシャーロットは向かい合って立つ。

ぼんやりと照らす火が、鋭い碧眼《へきがん》の真剣さを浮かび上がらせた。

「では、いくぞ」

スッと息を飲む音に続いて、薄い唇から呪文がこぼれる。

「…………ッッ!?」

――瞬間、電撃のような激しい感覚が、シャーロットの背筋をかけぬけた。

（なにこれ、嘘でしょ……!?）

肌が粟立《あわだ》つ。震える手が呪文の紙を落としそうになった。

ずっと聞いていた怒声などとは全然違う。魔力の篭もったクライヴの声は、どこまでも澄み暗い部屋に響き渡る。

力強くも透明な、魂を揺さぶるような声。震える体とは裏腹に、目も耳も彼から逃れられない。ああ――なんて、美しい旋律《せんりつ》。

（こんなの、聞いたことない。感じたこともない！　これが、本物の魔術師なの!?）

思わず涙目になるシャーロットを、彼が見つめている。

もう間もなく彼の担当が終わる。「いけるか？」と心配そうに揺れる碧色に、シャーロットは間抜けな己の顔を見つけた。

――全ては愛する猫神のため、それは嘘じゃない。お金が欲しいのも本当だ。けれど、だからといって、魔術師の自分をないがしろにするつもりもない。

（……冗談じゃない！　負けて、たまるか!!）

胸の奥が熱くなる。魔術にこんなに執着したのはいつぶりだろう。

低い詠唱が終わると同時に、二行目の呪文を放つ。ただの声ではない、読むだけではない。体の芯から魔力を乗せて、歌い奏《かな》でる。これこそが、〝魔術〟だ。

シャーロットの声に、再び空気が震える。眼前のクライヴは一瞬だけ目を見開いて、すぐ満足そうに笑った。

（〝二重唱〟か）

シャーロットの担当が終われば、また彼が続ける。まるで歌の応酬だ。

重なっていく二つの魔力が部屋を満たして、とても心地よい。

（変なの……猫以外で、私の体が喜ぶことがあるなんて）

ぞくぞくと背筋を走る感覚は止まらない。不気味な暗い部屋で儀式をしているのに、それを忘れてしまうほどに胸が高鳴る。

（ああ、でも、楽しい……すごく気持ちいい）

彼も同じ気持ちならいいのに。そんな馬鹿みたいなことを思うほどに、心が高揚している。

白く輝きを増していく燭台に囲まれながら、二つの声は高らかに響いていく。

——やがて、あっと言う間の二時間の終わりには、真昼のような光が二人を包んでいた。


「…………結局、治りませんでしたね」

「あー……そうだな」

眩《まばゆ》い光が落ち着いた後、すぐさまクライヴはフードを脱いで確認したが、頭にはぴょこんと三角耳が生えたままだった。

魔術の疲労も相まって座り込む彼を——正確には彼の猫耳を、慰めるようにシャーロットが撫でる。猫たちとはまた違う、手に吸い付くような上質の触り心地だ。

「はあ……猫耳可愛い。この手触り最高……」

「そりゃよかったな。駄賃《だちん》がわりだ、好きなだけ撫でろ」

「え？　じゃあ、これ取ってもらってもいいですか？」

「やめろ生えてるから!!」

悲鳴を上げるクライヴに、ニコニコしながら撫でて返す。

実のところシャーロットもすっかり魔力を使い切っており、耳を引きちぎるような体力も残っていない。そもそも、猫耳に無体《むたい》を働くはずもないが。

「まあその、悪かったな。こんな時間に付き合わせたのに、成果がなくて」

「いえ、私としては猫耳が残っていて万々歳《ばんばんざい》ですよ。これをすてるなんてとんでもない」

「そう言うと思ったよ！」

不満げにうな垂れる彼の声は、昼間に聞いていたものと同じだ。先ほどのように、心を揺さぶるような力はない。

しかし、あれもまた、この猫耳男の本当の姿なのだろう。クライヴ・アーネットという人物の認識を改めるには、十分すぎる時間だった。

「――クライヴ様、お疲れ様でした」

「っ!? 馬鹿やめろ、くすぐったい！」

どさくさにまぎれて猫耳でない髪の部分を撫でてみれば、途端に赤面した彼はシャーロットから逃げて行く。ローブの色も相まって、離れればすぐ部屋の闇に隠れてしまった。

……そういえば、彼は初日にも妙に慌てていた気がする。

「もしかして、貴方は女が苦手なんですか？　なんだか不慣れな印象を受けるのですが……まさか、童《どう》て」

「それは違うからな!!　あと女がそういう言葉を口にするんじゃありません!!」

「貴方は母親か、思春期の青少年ですか」

二十歳をとうに過ぎているはずの男にしては、実に初々《ういうい》しい反応だ。

初日のデリックの話では女にモテていたそうだが、違うのだろうか。今は猫耳猫しっぽ付きのローブの塊だが、以前はさすがに違うだろう。

しばし様子を窺っていたクライヴだが、やがて観念したかのようにこちらへ戻ってきた。

「……得意ではないが、別に苦手でもないぞ。これでも、そういう相手に困ったことはない。猫耳としっぽが生える前はな」

「ですよね。モテそうな顔立ちをしていらっしゃいましたし。では何故です？」

じっとりと睨みつけるクライヴに、シャーロットは首をかしげて返す。

「……実はな、俺本当は金髪なんだよ。今はこんな色になっているが、金髪碧眼なんて物語の王子みたいだろう？　そういうノリでよく褒められたんだが、お前はどう思う？」

「人間の毛の色には興味ありません」

「だろうな!!」

唐突に髪色の真実を告げられたが、シャーロットが興味なさげに切り捨てれば、クライヴはフードを引き下ろして再び俯《うつむ》いてしまった。

金髪も似合うだろうなとは思ったが、そこに猫耳がないのならどうでもいい話だ。

「なんですか急に。毛色と私を避けることの理由が結びつきません」

「……女は苦手じゃないが、俺はお前が苦手だ。他の女と違いすぎて、どう接していいかわからなくなる」

「ああ、なるほど」

まさか雇い主に苦手意識を持たれていたとは。『鉄の魔女』として避けられるのは慣れていたが、さっきの今では少しばかり傷付く話だ。

しかし、何故か彼の方が落ち込んだ様子なので、追求はしないでおく。人間はやはり不思議で気難しい生き物だ。

「……でもまあ、今夜はありがとな。お前が優秀で本当によかった」

十数秒の沈黙を経《へ》て、ローブの塊は少しだけフードを持ち上げると、シャーロットに頭を下げた。苦笑ではあるが、碧眼は穏やかに細められている。

「初めて使う魔術だから失敗も覚悟していたんだが。お前のおかげで、すごく……楽しかった。久々にわくわくしたよ」

「それは何よりです。私も、楽しかったですよ」

クライヴの言葉に、シャーロットの唇も自然と弧《こ》を描く。

楽しかったのは本当だ。猫以外のことで高揚したのも、どれだけぶりだったか。

そんな返事に彼は一瞬肩を震わせたが、すぐに目を逸らしながら応える。

「だったら、また頼んでもいいか？　二人いないと試せない解呪が、まだあるんだが」

「苦手な私でよろしければ、お付き合いします。そのための助手ですから」

シャーロットも笑ったまま頷く。しばらくは掃除婦でいることに不満を抱いていた身だ。今夜のような体験をさせてくれるのなら、魔術師としては願ってもないこと。

「……ありがとな」

不気味な背景には似合わない笑みを浮かべながら、二人は部屋を後にする。

ずっと静かに待っていてくれた猫たちも、待ちかねたとばかりに二人の足元をじゃれ合いながら、それぞれの部屋へ歩いていく。

長い長い助手一日目の夜は、こうしてようやく終わりを告げた。


翌朝、頭上から差し込む眩しい光に促《うなが》されながら、シャーロットはゆっくり目を覚ました。

昨夜はがっつり魔力を使ったせいか、夢も見ずに眠っていたようだ。ぼんやりと広がっていく新居の景色と共に、黒いもふもふが視界をよぎる。

「……ん？」

手を伸ばせば、温かくふわふわの手触り。瞬時に覚醒したシャーロットの視界には、胸元で丸まる黒猫の姿が飛び込む。触れたのは彼女のしっぽだったようだ。

（なんて素敵な目覚め……猫最高！）

幸せを感じながら、黒猫を落とさないようにそっと身を起こす。使い魔の内でも、黒猫は特に懐いてくれているようだ。無防備な寝顔は『尊い』としか言いようがない。

「ふふ、先に準備してくるわね」

愛らしいもふもふを優しく撫でてから、使えるようになったばかりの洗面所へと向かう。

夜更かしをした割には顔色も良く、心なしか表情も明るくなった気がする。

「〝いい夜更かし〟だったものね。今日は廊下の方も片付けたいけど、どうなるかしら」

顔を洗って髪を直し、まだ生地の硬い制服に袖を通す。冷たくも新しいそれらは、まるで目覚めの儀式のようだ。冴《さ》えていく頭に、猫たちへの愛情とほんの少しの職場への期待を込めて、キュッと襟を整える。

シャーロットが身支度《みじたく》を終えると、ちょうど合わせるように黒猫も起きて来たので、二人で仲良く部屋を出た。といっても、職場はすぐ隣だが。

「……ん、あれ？」

この二日、魔術やら鍵の窃盗やらで入室していた研究室だが、今朝の取っ手は何も返してこない。どうやら、鍵がかかっていないようだ。

不思議に思いつつも、そのままひねって開ける。すると、待っていたかのように黒ローブの塊がシャーロットに駆け寄ってきた。

「クライヴ様？　おはようございます、早いですね」

「ああ、おはよう。ちょっと頼みごとをしたくてな」

驚きつつも中へ入れば、フードの下のクライヴはどこか恥ずかしそうにシャーロットの様子を窺っている。

またお使いでも頼まれるのかと思いきや、差し出されたのは紙の束。

「実は今夜はこれを試したいと思っているんだ。今夜も、付き合ってくれないか！」

「え、あれを連続でやるつもりですか!?」

確認するまでもなく、クライヴが差し出したのは解呪の魔術資料だ。

心なしか、フードの下の目が輝いているようにも見える。

「確かに付き合うとは言いましたが、まさか毎晩やるおつもりで？　さすがに体力がもたないと思います」

「まだ試したい術は沢山《たくさん》あるんだよ！　本当は昼の仕事も投げ捨てて、ずっと儀式をしていたいぐらいなんだ!!」

「ずっとあんな怪しい儀式はちょっと……精神的に病《や》みそうです」

それこそ、呪いの黒魔術師と噂《うわさ》されかねない。微妙なあだ名は『鉄の魔女』だけで十分だ。

「じゃあ、もう少しまともそうな儀式にしよう。ほら、こっちなんかはどうだ？　使うのは蝋燭とチョークだけだし、魔術陣の中で踊ればいいだけだぞ？　簡単だろう？」

「……その絵面《えづら》を想像して、どの辺りがまともなのですか？」

「なら、これは？　合わせ鏡を四つ立てて、その中を順番に覗いていくだけで……」

「それこそ呪われそうですが、その資料大丈夫ですか？」

思わず呆れてしまうシャーロットだが、クライヴは構わず、次から次へと怪しげな資料を提案し問いかけてくる。

フードの陰ではあるが、その表情は楽しげで、まるではしゃぐ子供のようだ。

(解呪のために必死になっているのか、初めての魔術ができることに浮かれているのか、どちらかしらね)

一応前者なのだろうが、新たな知識に浮かれてしまうのは『魔術師』なら仕方がないことかもしれない。

何せ、呆れて見ているシャーロットすら、心のどこかではまだ知らない知識にときめきを感じているのだから。彼の実力と共に見られるのなら、なおさら。

「……とりあえず、まずは仕事をして下さい。貴方が仕事を放り出して、私のお給金までもらえなくなったら困ります。今日の分を終えて、体力が残っていたら考えましょう」

「わかった。だが、約束だぞ？　今日の仕事を終えたら、夜は踊る儀式をするからな！」

「……マジでやるんですか、それ」

早朝から騒がしい研究室の様子に、見守る茶猫があくびをこぼす。

やっぱり人間は難しく、シャーロットには理解できない。猫の方がよほど接しやすい。

――それでも、昨日よりほんの少しだけ前向きに、それを理解しようとしている自分がいることに、シャーロットはまだ気付かない。

いつの間にか浮かべた笑みを知らぬまま、薄暗い研究室で、まずは今日もお湯を沸かそう。

助手就任二日目、今日も色々と忙しい一日になりそうだ。

三章　お疲れの雇い主と困惑の助手

クライヴの研究室にシャーロットが助手として就職して、数日が経《た》った。

昼は掃除《そうじ》や片付けを中心にお使いへ赴《おもむ》き、夜は夜で怪しげな儀式に付き合わされる。毎日がとても忙しい生活だが、ようやく慣れてきたように思う。

使い魔の二匹はシャーロットにとても懐《なつ》いており、いつも傍《そば》で支えてくれている。この薄暗い研究室での仕事を心病《や》むことなくこなせているのは、ひとえに彼らのおかげだろう。やはり猫は最高だ。

反面、雇い主クライヴの怒声とツッコミは日々冴《さ》え渡っているが、猫たちもシャーロットも特に気にしてはいない。きっと引き篭《こ》もり生活のいい刺激になっているだろう、多分。

「……ん？　あ、これ資料室の本だわ」

そんな数日を経《へ》て、ようやく見られるようになってきた研究室の中。

本棚の整頓をしていたシャーロットは、見慣れた印入りの本を手に取り溜《た》め息をついた。

全て返却したつもりだったが、まだ一冊まぎれていたようだ。昼も近いし、返却ついでに食堂へ行けばちょうどいい時間だろう。

「クライヴ様、これの返却ついでにご飯を買ってきますが、どうしますか？」

「…………ん？　ああ、ちょっと待ってくれ」

掃除後も変わらず日の差さない隅《すみ》っこに陣取るクライヴは、助手を迎えてからも毎日忙しそうに仕事に励《はげ》んでいる。

今日は特に忙しかったようで、朝から机に向かいっぱなしだった。ローブの塊《かたまり》がもぞもぞと蠢《うごめ》き、数時間ぶりに彼の顔が覗《のぞ》く。

「……あれ？　もしかして寝不足ですか？」

「少しな。急ぎの仕事がちょうど終わったところだ」

フードの陰に隠れてはいるが、それでもわかるほどハッキリと隈《くま》ができている。

机の上に広げられているのは、今日は本や紙ではなく金属のネックレスのようだ。先端には小さな宝石がついており、おそらくアミュレット――魔術を込めたお守りだろう。

「面倒だったが頼まれものでな。資料室へ行くなら、ついでに届けてきてくれるか？　あそこの司書をやっているヤツだ」

同じようなネックレスを他にも三本取り出すと、食事メモと一緒にシャーロットへ手渡す。

受け取ったことを確認すれば、彼はこと切れたように机に突っ伏してしまった。

「ずいぶんお疲れですね。わかりました、休んでいて下さい」

まだ温かいそれを絡《から》まないよう丁寧《ていねい》にまとめてから、慣れた足取りで研究室を出る。ふと足元を見れば、いつも通りとばかりに黒猫が同行してくれていた。

「うちの猫は本当に天使だわ。いつもありがとう」

「にゃあ！」

愛らしさに高鳴る心臓を押さえながら、一人と一匹は歩き始める。昼でも暗い廊下にも慣れたものだ。

(それにしても、四本もよく作ったわね)

シャラリと軽い音を立てて、ネックレスが指を滑《すべ》る。元はそれほど高価なものではなさそうだが、しっかりと守りの力を感じる仕上がりだ。

アミュレット制作には、魔力はそれほど必要ない。ただ、小さな媒体に集中し続け、かつ雑念が入らないよう心を平静に保《たも》たなければならず、ようは根気のいる作業だ。

一つを作るのに数時間を要し、精神的にも疲れるので、苦手とする魔術師も多い。

「引き篭もりとはいえ、さすがねクライヴ様」

「みゃあ」

まだ数日しか師事していないが、彼は本当に様々な仕事をこなしているようだ。詳しくは教えてもらえないが、端《はた》から見るだけでも作業内容は多岐《たき》に渡る。

猫が一番のシャーロットだが、魔術師としての彼の腕は心から尊敬している。掃除や雑用しか任されていない己を、悔しく思うぐらいに。

（……というか、そもそも私、まだ機関の上の人間に挨拶《あいさつ》とかしていないのよね）

そういえばと気付く今更な話に、ほんの少しだけ胸を不安がよぎる。

押しかけたあの日に言ってくれた通り、機関の手続きなどはクライヴが全てやってくれたようで、シャーロットにその手の問い合わせがきたことは、この数日間一度もなかった。

彼を表す白の制服をもらっていることだし、助手として登録されてはいるのだろう。しかし、雇用元に挨拶をしていないのは果たして大丈夫なのだろうか。

もっとも、それを進んでやりたいほど王宮魔術師に思うところはないし、直属上司のクライヴが「いい」と言ってくれるのなら、甘えたいのが本音だ。

もしかしたら、今の雑用助手のシャーロットの存在など、どうでもいいのかもしれない。

「……もっと色々と教えてくれたらいいのに。雑用以外も、きっとできるのに」

情けなさを感じてまぶたを伏せれば、窓から差す明るい日がシャーロットの頬に触れる。

色々と考えている間に、資料室にたどり着いたようだ。

「失礼します」

気を取り直して扉を開ければ、すぐに部屋中から奇異《きい》の視線が突き刺さってくる。

初日に大量の本を運んだせいか、シャーロットは妙な人物として顔を覚えられているらしい。

シャーロット本人はまだ借りたこともないのに、「長期間本を返さない人物」として警戒すらされている。クライヴのせいで困ったものだ。

「やあ助手さん、今日も返却かい？　ご苦労様だね」

視線を無視して受付机へ向かうと、こちらも見慣れた司書の男が駆け寄ってくる。

彼はシャーロットの無実を知っているので、いつも手早く返却処理を済ませてくれるありがたい人物だ。顔を覚えた数少ない人間の一人でもある。名前は知らないが。

（そういえば、司書……多分この人のことよね？）

資料室勤めは何人かいるが、シャーロットが思いつくのはこの男だけだ。他の司書の顔は残念ながら覚えていないので、利用者と見分けがつかない。

確認も兼ねてネックレスを見せてみると、途端《とたん》に彼は顔をほころばせ、喜びの声を上げた。

「すごい、さすがアーネットさん！　こんな完成度、僕では到底できないよ!!」

「そうですか、良かったですね」

どうやら依頼人は正解だったようだ。

資料室にいるところしか見ていないが、彼もまた魔術師らしい。どうやったんだろうと独り言を呟《つぶや》きながら、ネックレスをくるくると回し、目を輝かせている。

（これで届け物は終わりね。さっさと食堂へ向かわないと）

感激している司書には悪いが、シャーロットのお使いはまだ途中だ。食堂は王宮魔術師以外も利用するので、遅くなればなるほど混んでしまう。

彼を置き去りにしたまま退室しようとすれば、ふと、シャーロットの背に別の男から声がかかった。いかにも魔術師らしい濃灰色《のうかいしょく》のローブを着た地味な男で、顔に見覚えはない。

「……どちら様でしょうか？」

「あ、えっと、アーネットさんの同僚、になるのかな。私も王宮魔術師なのだけれど、彼に頼みたいものがあって……」

男は何故《なぜ》かシャーロットの顔色を窺《うかが》いながら、恐る恐るといった様子で近付いてくる。

（……よその助手に気圧《けお》される王宮魔術師？　本物、よね？）

どうやらずいぶん気弱な人物のようだ。情けないその姿に、シャーロットの目が細められる。食堂へ行きたいのももちろんだが、可愛《かわい》い黒猫が資料室の外で待っているのだ。人間の用件など早めに済ませてしまいたい。

「ご用件は何でしょうか？」

「あ、あの、この封筒を、渡してもらいたくて……頼め、ます？」

「承《うけたまわ》りました。では失礼いたします」

分厚い封筒を一応両手で受け取ったシャーロットは、表情を全く動かさずに一礼し、即座に踵《きびす》を返す。背後で溜め息のような音が聞こえたが、きっと気のせいだろう。まあ、人間にどう思われようが、どうでもいい話だ。

それよりもと封筒の方を探《さぐ》ってみるが、どこにでも売っている汎用品《はんよう》のようだ。魔術の気配も感じられない。

（……触った感じはゴワゴワしてるけど、危険物ではなさそうね）

男が本物の王宮魔術師かどうかは、クライヴに確かめればわかるだろう。

「ごめんねお嬢様、お待たせ！」

早足で廊下に出れば、待っていた黒猫が嬉《うれ》しそうに近付いてくる。ちゃんと通行の邪魔にならないよう、隅に寄ってお座りしていたようだ。なんて賢《かしこ》い子だろう。

「やっぱり猫が一番。人間なんて、面倒でわからないことばかりよ。本当、関わりたくないわ！」

「なあぅ？」

きょとんと首をかしげる黒猫に微笑《ほほえ》んでから、食堂へ向けて再び歩き出す。

背後の方から「ファレル君！」と呼ぶ猫嫌いの声が聞こえた気がしなくもないが、聞かなかったことにした一人と一匹は、さっさと資料室を離れていった。


「ということで、お届けものですクライヴ様」

「んー……？」

十数分後、無事に猫嫌いをまき、かつ昼食を購入してきたシャーロットは、寝ぼけ眼《まなこ》のクライヴに分厚い封筒を差し出した。

猫嫌い――デリック・ノーフォークに恨みはないが、対応が面倒なのでつい避けてしまう。あちらはシャーロットを気に入っているようだが、猫嫌いと猫狂いで話が合うわけがない。

（いい加減、私に話しかけるの諦《あきら》めてくれないかしらね……）

「おい、大丈夫か？　とりあえず、これは誰からだ？」

溜め息まじりに考えていれば、クライヴから訝《いぶか》しむ声がかかる。

言われてみれば、無地の封筒のどこにも差し出し人の記名がされていない。中身をぎゅうぎゅうにつめ込まれて、紙がはちきれそうになっているだけだ。

「同僚だとおっしゃっていましたよ。地味な服装で、気の弱そうな男性の方です」

「いや、全くわからん。そんなヤツばっかりだろ、ここ」

確かにシャーロットが見る限りでも、王宮魔術師は地味で無個性な服装をしている者が多い。ただし、そう言うクライヴは黒ローブの塊（脱いだら猫耳）だ。

「……地味か変人かの二択とは、王宮魔術師は愉快な職場ですね」

「何か失礼なことを言われてるのはわかるからな？」

「これは失礼」

個性的と褒めるべきか笑うべきなのか悩んだが、とりあえずこの話は置いておこう。

「気が弱そうだった、という記憶はあるのですが。すみません、全く容姿を覚えてなくて。危険物が入っている感じはしなかったので、そのまま受け取ってしまいました」

「……お前らしいな」

正直に覚えていないことを謝罪すれば、特に気にしたそぶりもなくクライヴは苦笑する。この数日間で、彼もシャーロットという人間を理解しているようだ。

「まあいい、差し出し人は開ければわかるだろう。先に食事にするか」

あくびを噛《か》み殺しながら、クライヴがのろのろと立ち上がる。

相変わらずツッコミは欠かさないが、眠さのせいか冴えていないようだ。まばたきも多く、気を抜けばすぐに人間からローブの塊に戻りそうになっている。

「大丈夫ですか？　ご飯は仮眠をとってからでも」

「食えるよ。せっかくお前が買ってきてくれたしな」

……こういうところがお人よしだから困るのだ。特別な食事だというならまだしも、助手に気をつかって無理しなくてもいいのに。

緩慢《かんまん》すぎる彼のスプーンの動きに、いつも自由な猫たちも心配そうに見つめている。

「……こぼしますよ？」

「大丈夫、見えてるよ」

載せすぎの一さじを強引に口に放り込みつつ、反対の手では先ほどの封筒を確認している。

ゆっくりすぎる速度で咀嚼《そしゃく》しているが、どう見ても心ここにあらずだ。

（これは言っても無駄か）

仕方ない、こぼすようなら後でまた掃除すればいいだろう。

行儀《ぎょうぎ》の悪いクライヴを尻目に、シャーロットも自分の昼食に手を伸ばす。国立機関だけあって値段の割にはとても恵まれた食生活なのに、眼前の男は仕事以外を疎《おろそ》かにしすぎだ。

勿体《もったい》ないね、と猫たちと共に食事を楽しんでいたシャーロットだが、

「…………また面倒なのがきた」

ふと、クライヴから聞こえた地を這《は》うような声に、その手を止めた。

「中身は仕事ですか？　そんなに面倒な依頼が？」

「ああ。しかも、納期が短い案件だ」

クライヴの手元を覗けば、封筒にパンパンにつまっていたのは手紙ではなく、どうやら薬の材料だったらしい。

いくらかはみ出ており、シャーロットも使ったことのある薬草がまじっている。

「アミュレットの次は薬の調合ですか？　クライヴ様って、本当に何でもしますね」

「……不本意ながらな」

大抵の魔術師は得意な分野の仕事のみを請け負《お》うものだが。この数日見ているだけでも、彼の請ける仕事は幅が広すぎる。それだけ彼が優秀なのか、それとも王宮魔術師の能力基準が恐ろしく高いのか。

「なあお前、調合をしたことはあるか？」

「一応、学院で習う程度のものなら」

「だったら、食い終わってからでいい。準備を手伝ってくれるか。時間が惜しい」

苦しげにそう告げると、クライヴはかき込むように食事を片付け、台所の方へ向かってしまった。やはりあそこは料理場とは違う使い方のようだ。

(あの人が、私に雑用以外の仕事を頼むなんて)

よほど切羽詰《せっぱつま》った事態ということだろうか。

ともあれ、シャーロットも続くように昼食を終わらせ、気遣う黒猫を撫《な》でてから台所に入る。

「それとそれ、粉末になるまですり潰してくれ。雑念を入れないようにな」

「猫愛は雑念に入りますか?」

「……なるべく無心で頼む」

急いで合流したクライヴは王宮魔術師の顔に切り替わっており、先ほどまでの鈍《のろ》さが嘘のように、テキパキと指示を出す。手際よく準備された場は、もうどう見ても調合室だ。

(無心無心……私の猫愛、ちょっと出てこないでね)

ふざけている場合でもなさそうなので、大人《おとな》しく薬草を乳鉢《にゅうばち》に放り込む。

実は調合などずいぶんしていないのだが、助手として頼られた以上応えるしかないだろう。
二、三度深呼吸を繰り返した後、姿勢《しせい》を正したシャーロットは、静かに乳棒を握る手に力を入れた。

薬の調合もアミュレット制作同様に根気のいる作業だ。ただ煮たり混ぜたりするだけなら、それは料理であって魔術師がわざわざやる必要はない。

余計な念が入らないように心を落ち着けて、かつ魔力を均等に流しながら行う。それが、魔術師の調合だ。

もちろん材料を入れる順番も決まっているし、呪文を唱《とな》えたり別に魔術陣を描かなければいけないものもある。シャーロットは手伝いなのでその必要はないが、それでも思考を制限される、とても緊張する作業だ。

「………………」

ゴリゴリと鈍い音だけが静かな部屋に響く。

賢い猫たちが離れてくれたおかげで雑念も入らず、十数分も潰していれば薬草は無事に灰のような粉になっていた。

「できました」

ホッと胸を撫で下ろすシャーロットに、一瞬だけクライヴが視線を向ける。

「置いておいてくれ、次はそっちを」

「りょ、了解です」

調合中はかけあう言葉も最低限だ。彼は彼で小さな鍋《なべ》をずっとかき回している。もちろん、彼も思考を制限しての作業中である。

フードの下からは歌うように呪文がこぼれ、それに合わせて中身が色を変えている。眠そうにしていた先ほどの姿は、もう微塵《みじん》も残っていない。

（うーん、もう一回か……）

乾燥したそれらを鉢に放り込み、再び乳棒を手に取る。

地味な作業だが、これはこれでなかなかの重労働だ。クライヴには見えないように、こっそりと溜め息をつく。

（もし私がいなければ、これも全部一人でやったのかしら。腕が動かなくなりそう……）

よぎる考えを追い出しながら、再び無心で作業を始める。ゴリゴリと響く音は、薬草と一緒に精神も削るように重苦しい。

会話もできない、淡々《たんたん》とした時間が流れていく。

――やがて調合が終わる頃には、シャーロットは心身共に疲れきってしまっていた。


「ああ、猫あったかい……癒《いや》される……」

「お前、重くないのかソレ」

調合作業をようやく全て終えて、クライヴは食事前と同じようにテーブルに突っ伏してしまった。ぐったりした彼を眺めながら、シャーロットはその向かいで椅子にもたれかかっている。……何故か細い両腕に、猫たちを乗せた姿勢で。

「この可愛い可愛い猫たちの重さならば、それすらも愛《いと》おしいのです」

「お前がいいなら止めないが、俺には真似できんな」

フードの下では、彼の猫耳も張り付くように潰れてしまっており、疲れが見受けられる。

しっぽはしっぽで動く気力もないのか、椅子から垂れ下がったままだ。

「もう少し余裕があれば、私も覚悟ができたんですけど。クライヴ様は忙しいですね」

「………まあ、そうだな」

「……？」

返答に間があったのは気のせいだろうか。

様子を窺ってみるも、突っ伏した姿勢からでは黒い塊しか見えない。

「とにかく、少し休憩《きゅうけい》しましょう。貴方《あなた》もお疲れのようですし、私も腕が攣《つ》りそうで。できれば、今夜の解呪《かいじゅ》もお休みして……」

「いや、それはやる」

「えぇー……」

答えと同時に、フードにぴょこっと山ができた。顔は突っ伏したままなのに、器用なものだ。

「その愛らしいお耳を無くすために、疲れた体に鞭《むち》を打つなんて、意味がわからないですよ。やはり人間とは相容《あいい》れぬ運命か……」

「お前も人間だろうが」

わざとらしく息を吐けば、少しだけ覗いた碧眼《へきがん》がシャーロットを睨《にら》む。

彼からすれば呪いなのかもしれないが、可愛いものは可愛いのだから仕方ない。

「私に移せたらいいんですけどね。喜んで生やしますよ、猫耳」

「できたらとっくにやってるよ。お前の方が似合いそうだし」

「クライヴ様もよくお似合いですよ？」

「嫌味か!!」

よく反応する猫耳としっぽは、持ち主に憎まれつつも元気にローブを揺らしている。

その様子を見守りながら、「よかった、まだ元気そうだ」とシャーロットはこっそり笑った。

――たった数日しか見ていないが、一つ気付いたことがある。

〝クライヴの仕事は、一人でこなすには量が多すぎる〟

そう、人間に関心のないシャーロットが気付いてしまうような量なのだ。これは明らかに異常だろう。喉がつまるような不快な感情に、知らず拳《こぶし》を握りしめる。

つい先ほどの作業にしても、『調合』と口にすれば一言だが、腕が攣るような準備をして、状態を気にしながら魔術を使う。その間、ずっと思考は制限されたままだ。

好きなことを考えていていいのならまだ気楽だが、仕事ならそうもいかない。雑念が入ると質が全く変わってしまうのだから。

ちらと視線を動かせば、彼の仕事机には書類や本が山を成《な》している。それが何であるかも知らされていないが、少なくとも他人のシャーロットが触れてはいけないものなのだ。

もし机のあれが全て仕事で、それを日課にしろと言われたら、シャーロットなら一年もたずに過労死してしまう自信がある。

クライヴの目にも濃い隈があったことだし、きっと彼にも無理がでているのだろう。

気付いてしまえば点と点を繋《つな》ぐように、嫌な予想ばかりが頭をよぎる。雑用係のシャーロットが、クライヴにしてあげられることなどないのに。

「……なあ、お前他には何ができる？」

「はい？」

そう色々と考えていれば、彼から小さな声で質問がとんでくる。

顔はいまだ突っ伏したまま。しかし、ほんの少し覗く碧眼はやはり弱っているように見える。

「何がといいますか、学院で習うことならだいたいできます。苦手な教科は作らないようにしていましたから」

「なるほど、首席はだてじゃないか。だったら無理のない範囲でいいんだが、俺の仕事を手伝ってくれるか？　その、納期が厳しい案件がまだいくつかあって……」

「もちろんです。というより、それが本来の助手の務めですよ」

「そうか……そうだな。お前になら、頼ればよかったな」

即座に首肯《しゅこう》したシャーロットを見て、ふにゃりと笑ったクライヴは再びローブの塊に戻った。

……シャーロットが思うよりも、疲れが溜まっているのかもしれない。

（これは、他の王宮魔術師に相談してみた方がいいのかも）

シャーロットは人間に詳しくない。もし仮にこれが王宮魔術師の普通の仕事量だとしたら、クライヴの体調不良を疑う必要がある。そうなれば、医者やら看病やらで大忙しだ。

逆に仕事量の方がおかしいのだとしたら、それはそれで問題であるし。

（人間って本っ当に面倒くさい生き物だわ）

しかし、給金がもらえなくなったら困る。それに、彼に倒れて欲しいわけでもない。

煩《わずら》わしい感情の名も知らぬまま、静かな研究室でシャーロットの思案は続く。

変わりゆく何かに気付きながらも、猫たちはゆっくりと目を閉じた。

＊　＊　＊

「…………うああ、眠い」

翌朝のシャーロットは、睡眠不足を抱《かか》えながらの起床になった。

明るい日差しはありがたいはずなのに、今朝ばかりは目にささって忌々《いまいま》しい。

「だから止めようって言ったのに……」

めくった布団《ふとん》をもう一度引き戻しながら、シャーロットは深い深い溜め息をつく。

昨夜も結局解呪を試すことになったのだが、クライヴは準備段階からすでに舟をこいでおり、もうぐだぐだだったのだ。

あんなやり方では、正しい方法だったとしても効果は出なかっただろう。

不機嫌な彼をなんとかなだめてベッドへ放り込み、シャーロットが自室に戻ったのはとっくに日付が変わった後だった。

そこから準備をして就寝だったので、いつもより二時間ほど睡眠時間が足りていない。

「ねえ、お嬢様、坊ちゃん。あの人なんとかならないの？」

「……にゃぁ」

布団の中へ声をかければ、くぐもった鳴き声がかすかに聞こえる。

今日は二匹共にベッドへ潜り込んでいたようで、もぞもぞと動く度にやわらかな体がシャーロットをくすぐる。

このまま一生寝ていたいほど幸せな感触だが、それが叶《かな》わない今、もはや奸計《かんけい》である。

「うう、起きて準備しよう……」

涙を堪《こら》えながら顔を洗いに行くシャーロットを、今朝の二匹は見送ることもなく布団でごろごろしている。仕方ない、付き合わされた彼らもまた寝不足なのだから。

「ふわぁ……おはようございます」

どんよりしたままのシャーロットが入室すれば、研究室からは「おう」といつも通りの声が返ってきた。彼も疲れていたはずなのに、すでに起きていたようだ。時間も遅いわけではない。

「よく起きられましたね。私、今朝は布団から出たくなかったですよ」

「今朝は少し冷えたからな。寒くて起きたんだよ」

「それは気付きませんでした。……はっ!? だから猫たちが私の布団に入ってたんですか!?」

そういえば、今朝は二匹がぴったりとくっついていたので、いつもより温かく朝を迎えられた気がする。

奸計だと思ったが、まさか自身を湯たんぽ代わりに暖めてくれていたとは気付かなかった。

いじらしい猫たちの献身に眠気は消し飛び、シャーロットは感涙《かんるい》を浮かべながら天を仰ぐ。

「単にあいつらも寒かっただけだろう。しかし、一体誰の使い魔だったかな。俺のベッドに入ってくれてもいいはずだけどなあ……」

遠くに祈るシャーロットを眺めながら、呆《あき》れ顔のクライヴが息を吐く。

猫耳としっぽがあっても、残念ながら彼の体温は変わっていないようだ。寒いと裾《すそ》を引き寄せるせいで、ますますローブの塊に見える。

「ああ、そうだ。悪いが今日も昼頃にお使いに行ってくれ。昨日のヤツに薬とこの論文を届けて欲しい」

「それは構いませんが、私あの人の顔を覚えていませんよ」

「向こうから声をかけさせるから大丈夫だろう。食堂で待ち合わせだと連絡してある」

「了解しました。それなら多分」

軽く頷《うなず》いて返し、日課となったコーヒーを淹《い》れに行く。台所は昨日使った調合器具が大半を占拠《せんきょ》しており、相変わらず料理とは無縁の様相だ。

「しかし、あいつそんなに地味な顔か？　わかりやすい方だと思うが」

「人間の顔って、だいたい皆同じに見えます。男か女かが違うだけで」

「……猫なら？」

「この私が見間違えるとでも？　たとえ昔逢《あ》った猫が成長していても、絶対に間違えることはありませんよ！」

「うわぁ、なんだその無駄な記憶力」

自慢げに胸を張るシャーロットに、クライヴはささっと後ずさる。

「もちろん、貴方のこともわかりますよ。ですからその愛らしいお耳としっぽ、そのままにしておきませんか？」

「絶対にお断りだ‼」

冗談めかした本気の誘いに、ぴくんとフードがはねる。今日も元気な三角のお耳。

こんなに可愛くてわかりやすいのに、無くしたいなんて勿体ない話だ。

「私にも生えませんかね、それ。本当に何をしたらその呪いをいただけたんですか？　呪いじゃなくても構いませんが」

「それがわからないから困っているんだろうが！　ほら、仕事始めるぞ！　俺にもコーヒーをよこせ」

「はいはい、ゆっくり冷ましてから飲んで下さいね」

「猫舌じゃねえよ!!」

ぷりぷりと裾を高く揺らすしっぽを眺めながら、二つ分のカップに湯を注《そそ》いでいく。

今日もきっと忙しい一日になるのだろう。気合いを入れなければ。

――ああ、それにしても。

（………クライヴ様の隈が、やっぱり酷《ひど》いなあ）

顔を俯《うつむ》かせて、彼に見えないように息を吐く。気付かなければ楽だったのに、一度知ってしまえば、つい目は彼を追ってしまう。

今朝は何時から起きていたのだろうか。あの頼まれた調合以外にも、机には山があったはずだ。しかも先ほど言っていた論文とやらは、いつ書いたものだろう？

（……私にも、人間を心配する心なんてあったのね）

無意識に彼を気遣う己に驚く。もしかしたら、金銭的に心配なだけかもしれないが。

いずれにしても、クライヴの体調はこのままでは悪化する一方だ。

気弱男は本物の王宮魔術師だったようだし、仕事の軽減を頼めるかもしれない。せめて納期が延ばせれば、休む時間が作れるだろう。

（あの気弱そうな人間と、少し話してみるか）

ゆらゆらと湯気の立つカップを抱えて、シャーロットはこっそりと頷いた。

やがて今日も忙しく時間は過ぎていき、約束していたお使いの時間になった。

猫たちもさすがに起きてきており、シャーロットが研究室を出れば、今日もちゃんと黒猫が一緒についてきている。

にゃあにゃあと嬉しそうに鳴く彼女を撫でながら、シャーロットはお願いだと囁《ささや》いた。

「今日は人間に質問したいことがあるの。気を付けるつもりではあるけど、もし私が失礼なことを言ってしまっていたら、止めてくれる？」

「にゃ！」

突然の頼みごとになってしまったが、黒猫は任せろと鳴いて返してくれる。賢い彼女の頭をまた撫でてから、通い慣れた食堂への道を急ぐ。

（さて、待ち人はどこかしら）

数分も歩けば、今日も様々な人で賑《にぎ》わう食堂にたどり着いた。

しかし、似たような人間たちの中に視線を巡らせて――シャーロットは早速困ってしまった。

それっぽい者は見つけたのだが、同じような格好の男が固まっており、どれが本人なのか全く見分けがつかないのだ。

（これは……我ながら、予想以上に駄目な感じだわ）

よく見れば髪色も違うし顔も決して似ていないのに、全く区別がつかない。ここに覚えているはずの司書がまぎれても、今のシャーロットでは見つけられないだろう。これは考え方を改めないと、クライヴの仕事に支障が出そうだ。

（私が暮らす分にはどうでもいいけど、助手の間ぐらいわね）

「あの、その制服……助手さん、だよね？」

相手を決めかねていると、見かねたのか男が一人声をかけてきた。おそらく彼が依頼人なのだろう。どことなく気弱な雰囲気も感じられるが、近寄ってもやはりわからない。

判断基準として頼まれていたものを渡してみると、彼は破顔し大いに喜んだ。ちゃんと正解だったらしい。司書の時もそうだったが、クライヴは本当に良い仕事をしているようだ。

「えっと、助かったよ、ありがとう！　ずっと表に出てこないから心配していたのだけど、元気そうでよかったよ、アーネットさん」

「元気、というわけではありませんが。まあ、はい」

曖昧《あいまい》に誤魔化《ごまか》すシャーロットに、少し不思議そうにしつつも、男は微笑《ほほえ》む。

その表情は気弱そうではあるものの、血色は良く、もちろん隈もない。

「……少しお伺いしたいのですが。王宮魔術師は仕事量に差があるのでしょうか？」

「え？　えっと、差っていうと？　わ、私と彼がっていうこと、ですか？」

和《なご》やかな雰囲気にのせて質問をしてみれば、途端に気弱男は肩をすくめ、おどおどとシャーロットの様子を窺い始める。

別に彼に対してとやかく言うつもりではないのだが、何故怯《おび》えられてしまうのだろう。もしや顔が怖いのか？　顔立ちはきつい方ではないはずだが……。

「オイ、何かあったのか？」

尋ね方に悩んでいれば、同じような装いの男たちがこちらに近付いてくる。

気弱男がホッとしているようなので、彼らも王宮魔術師なのだろう。こちらの方がまだ話ができそうだと踏み、シャーロットも一礼した上で声をかけた。

「確かにオレたちも王宮魔術師だ。質問ってのは？」

「はい、実は……」

詳細はぼかした上で、クライヴに任されている仕事が多すぎると感じていること。また、そのせいで体調に影響が出るほどに疲労していることを話してみる。

すると、集まった中でも特に体格の良い男が、シャーロットの話に首をかしげた。

「まあ、仕事量に差が出るのは仕方ないし、〝白の魔術師〟クライヴ・アーネットといや、超優秀な男だからな。頼られるのは当たり前だが……ちょっとおかしいな」

そういえば、シャーロットの制服の色でもある『白』は、やはり特別な色らしい。それを預かるクライヴもまた、五指に入る最上位の魔術師だと知ったのはつい最近のことだ。

ともあれ、話しているこの男にも、クライヴのような疲れは見られない。血色も良く、パッと見傭兵《ようへい》といわれても信じそうなほどに、元気でたくましい見てくれだ。

「……おかしい、とおっしゃいますと？」

「本当のことは知らねえけどよ。クライヴが引き篭もってるのは、体の具合が悪いからだとオレたちは思っているんだわ。だから今のあいつに振られる仕事は、部屋の中でできることのみのはずだ。お嬢ちゃんが持ってきてくれた薬の調合とか論文とか、ようは机仕事だな」

「確かにそうですね」

他にも翻訳やアミュレット制作などがあるが、どれも部屋の中でこなせる仕事だ。首肯すれば、男も頷いて続ける。

「それにしたって、体に障《さわ》るような量は出してないはずなんだよ。具合悪いヤツに仕事を押しつけたって、できなきゃどうしようもないだろ？　うちは毎日仕事がある職場だし、一人滞《とどこお》ればなにかしら影響が出てきちまう。それなのに、病人かもしれないクライヴに大量の仕事を振るなんて、おかしな話じゃねえか。元気なオレたちにだって、体調を崩すほどの仕事はないのに」

「……そう、ですね」

外見傭兵男の言うことは筋《すじ》が通っている。

デリックも言っていたが、王宮魔術師機関は人手不足で日々忙しい職場のはずだ。だからこそ『病人』かもしれない人間に仕事を押し付けるようなことはしないだろう。

最終的なできや効率を考えれば、具合の悪い人間に仕事をさせるなど、愚策《ぐさく》でしかない。それがわからない機関ではないはずだが。

「ならば何故、あの人はあんなに毎日忙しそうなのでしょう？」

「さあ？　しばらく会ってないオレたちじゃあ、よくわからんな。一応通信魔術で連絡は取り合っているが、もう半年だしな。その仕事量の話もふまえて、そろそろ出てきて欲しいよ。それか、本格的に入院でも勧めるべきか」

「それは……」

入院して治せるものなら、とうにそうしていただろうが。誤魔化すように目を逸《そ》らしたシャーロットに、男は追及するでもなく豪快に笑った。

「ま、あいつはアレでなかなか派手好きな男だからな！　前は表仕事が多かったし、引き篭もり生活に心が音《ね》を上げているのだろうよ。迷惑をかけてすまんがお嬢ちゃん、あいつのことをよろしく頼む。オレたちも、復帰を心待ちにしていると伝えておいてくれ！」

「は、はい。承りました」

「あっ……と、こんな話の後で申し訳ないが、この封筒を渡しておいてもらえるか？　翻訳の仕事だが急ぎではないし、体調が戻ってからで構わんからな。じゃあな！」

外見傭兵男はまた笑うと、大きめの封筒をシャーロットに押し付けて行ってしまった。依頼人だった気弱男も頭を下げ、慌てて彼に続いていく。

残されたシャーロットは封筒を抱えたまま、しばらくその背を見送ることになってしまった。

「……とりあえず、問題は一つ片付いたのかしら？」

「にゃぁお」

いつの間にか足元に擦り寄ってきた黒猫を撫でつつ、シャーロットは小さく溜め息をつく。

クライヴの疲れの原因は、王宮魔術師の仕事ではないらしい。少なくとも同僚たちは体調を心配し、気遣っているようだ。

（だとしたら、あの山はやっぱり……）

ひとまず昼食を購入し、用意の間に食堂を見回してみる。

先ほどの男たちもそうだったが、集まっている人間の中に顔色の悪い者はいない。

会話を楽しんでいたり昼食そのものに集中していたり。過ごし方はそれぞれだが、酷い隈を作っていたクライヴのような者は一人としていない。

（やっぱり、それしかないわよね）

出てきたお盆を受け取り食堂を出れば、研究室とは違う日の差す温かな廊下。通りすがる人々も、大半が健康そうだ。

彼らになくてクライヴにある〝仕事〟といったら、一つしかない。

「解呪魔術の研究が、あの人の健康を損なっているんだわ……！」

お盆の下で拳を握ったシャーロットに、黒猫が訝しげに首をかしげる。

そもそも、〝呪われている〟という考え方そのものがよろしくない気もするが、それはもう諦めるとしてだ。

シャーロットはどこまでが機関の仕事なのかを知らない。手伝える部分は手伝うことになったが、それが『仕事』ではなく解呪研究である可能性は十分にありえるのだ。

『早く呪いを解かなければいけない、無くさなければいけない』という一種の強迫観念が心を追い込み、あの隈の原因になったことも考えられる。

「……やっぱりあの猫耳としっぽ、無くさなくてもいいのよ！」

「にゃ⁉」

シャーロットの出した答えに、黒猫が驚きの声をあげた。

クライヴがあれを無くすために無茶をしていると仮定するならば、まずその考え方自体が間違っている。

何故なら、シャーロットがここ数日見ている限り、『耳としっぽが原因で体に影響がでる』ということがないのだ。

耳としっぽがあっても彼は優秀であり、理知的な思考もできている。あの部位を痛がる様子もない。となれば、解決策は〝無くすこと〟ではない。

「あれが『獣化の呪いではないと証明できれば』あのまま猫耳としっぽがあっても問題ない、

ということよね」

「にゃあぁ⁉」

黒猫は何やら慌てているが、恍惚《こうこつ》とした表情のシャーロットには届かない。

つまり『これが生えていても、本人にも周囲にも害はない』と証明すればいいのだ。糸口さえ掴《つか》めていない『解き方』を探すことと比べれば、簡単な解決策に思える。

シャーロットとしても、可愛い猫耳しっぽ付きの雇い主に今後も仕えられるのだから、一石二鳥だ。何故気付かなかったのだろうか。

「そうとわかれば善は急げよ！　早速クライヴ様に提案して、今夜はゆっくりと休んでもらうことにしましょう！」

「にゃあにゃあにゃあ‼」

《重量軽減》をかけたお盆を片手に、もう片方には鳴き続ける黒猫を抱き上げて、シャーロットは足取り軽く走り出す。

これでクライヴの疲れも解消され、全てが上手くいくと信じて――。

「そんなわけがないだろう、馬鹿が‼」

「痛っ⁉」

――数分後、淡い期待は頭上に落ちた拳骨《げんこつ》と共にもろく消え去った。

「お前は本当に優秀なのか、たまにわからなくなるな」

「一応勉強はできたはずですが……」

よもやこの年になって拳骨を食らうとは思わず、ヒリヒリと痛む頭を必死に押さえる。実は親からもされたことがないので、シャーロットは動揺を隠せない。

完璧な策だと思ったのだが、果たして何が足りなかったのだろうか。今回は猫たちもシャーロットを擁護《ようご》してくれないようで、余計に困ってしまった。

「……最初にも言ったが、これは存在が曖昧すぎるんだよ」

何故？　とありありと顔に表すシャーロットに、クライヴがフードの下を指差す。可愛い三角耳は、どこか悲しげに震えている。

「原因は不明、効果も不明。呪いと呼んではいるが、それすらも便宜上《べんぎじょう》だ。違うと信じたいが、獣化し暴走する可能性もないわけではない。今の俺には、何も証明できない」

「あ……」

淡々と告げられる言葉に、血の気が引いていく。

いうなれば、クライヴは魔術に関する『専門家』だ。その専門家が、半年も答えを出しあぐねている問題がこの猫耳としっぽ。

そもそも、シャーロットでも思いつくようなことに、気付いていなかったはずがない。なのに、軽々しく『解決策』などと提案してしまった。

「……ごめんなさい」

冗談ならまだしも、今の提案はただの侮辱《ぶじょく》だっただろう。彼の腕を知っているからこそ、シャーロットはしっかりと頭を下げた。

「これも初日に言ったけどな。俺は、これを無くすためにお前を雇ったんだ。お前が優秀で、力を貸してくれると信じたから、助手を頼んだ。そうじゃないなら、魔術で記憶を飛ばしてでも追い返したぞ」

「……はい」

「頼むから、耳としっぽを残したままでもどうにかなるって考えは捨ててくれ。どうにもならないから困っているんだ、本っ当に！　お前は残念かもしれないけどな！」

軽い口調ではあるが、クライヴのまとう空気には疲れがたっぷりとにじんでいる。『耳としっぽを残したまま』は禁句だったようだ。肝に銘じて、もう一度頭を下げ直す。

「……可愛いですけど、もう言いません。申し訳ございませんでした」

「本物の猫がいるんだから、そっちで我慢《がまん》しろよ。……それから、俺は別に解呪のせいで無理をしているわけじゃない。食堂のヤツも嘘は言っていないが……色々とな。これでも限界は見極めているから、お前は気にしなくていい」

（…………線引き、か）

これ以上踏み込むな、と暗に告げる言葉に、何故かシャーロットの胸が痛んだ。

彼がシャーロットを雇った理由は先ほど言った通り、呪いを解くためだ。期間限定とも初めから言われている。

対するシャーロットもまた、勤める理由は猫神の祠《ほこら》のための高給だ。元々目当てだったのは可愛い猫の使い魔だけで、クライヴ本人になど何も期待していなかった。

それこそ、疲れていようが隈が酷かろうが、猫を大事にしてお金を払ってくれるならそれでいいし、関係もないはずなのに。

（……せっかく、仕事を手伝ってと言ってもらえたのにな）

それなのに、シャーロットの心は明らかに落ち込んでいる。きっと掃除婦に逆戻りの事態を悲しんでいる。とても久しいこれは反省の感情だ。

猫か勉強に関すること以外で反省するなんて、今までほとんどなかった。ましてや相手は人間なのに、胸は痛みを訴える。誤魔化すように、ギュッと強く握りしめて――、

「あー……まあ、なんだ。発端《ほったん》は俺を心配してくれたんだろう？　それは素直に嬉しいし、悪かったよ。ありがとな」

「…………へ？」

次の瞬間、くしゃりとシャーロットの髪を撫でた手に、驚くほど敏感《びんかん》に反応してしまったのは何故だろうか。

「な、なんだよ。お前だって、俺の頭を触っただろうが」

「あれは、猫耳を触りたかったのですが」

拳骨を落とした時とは違う、どこか遠慮がちな手付き。無骨《ぶこつ》で長い、自分とは違う指先。

さらさらと髪を滑る音が耳に響いて、ひどく心地よい。

（……頭を撫でてもらうのなんて、どれだけぶりかしら）

年頃の女性で、しかも『鉄の魔女』は人間嫌いだ。触れたがるような者はいなかったし、そもそも幼少の頃から、人間とはあまり会話をしなかった。

褒めて欲しい時はいつだって、猫たちのところへ行っていた。けれど、猫には人間の頭を撫でられるような大きな手はない。

「あ……嫌だったか？　悪気はなかったんだが」

「嫌じゃないです！」

やや食い気味に否定して、離れようとしたローブの袖を掴む。

肉球もついていない手を名残惜《なごりお》しいと思うなんて、シャーロット自身も驚きだ。

けれど、無意識に言ってしまった言葉は、嘘じゃない。

「嫌じゃないので、もう少し撫でて下さい。もう少し、だけ」

「…………お前」

動きを止めたクライヴに、シャーロットもはっと我に返る。

自分は何を言っているのだ!?　怒られた直後、それも苦手だといわれている彼に。

(やだ、失敗した！　今度こそ嫌われる……クビにされるかも!?　ど、どうしよう!?)

とっさに失言を訂正することもできずに、固く目を閉じる。

学院の生徒たちのように、彼もシャーロットから離れていくだろう。気持ち悪いと、きっとそう言われる覚悟をして――しかし、待っても頭上のクライヴから拒絶する気配はない。

それどころか、少し間をおいてから――ゆっくりとシャーロットの髪を撫でた。

「………え？」

手付きは遠慮がちに、困ったように。けれど、とても優しい。

「あの、クライヴ様？」

「な、なんだよ。撫でろと言ったのはお前だろう」

少しだけ顔を上げて見れば、クライヴの頬はほんのりと赤く染まっている。

渋々《しぶしぶ》やっているわけではないことは、人間に詳しくないシャーロットでもわかった。

(いい、気持ち……)

使い魔たちの毛を梳《す》く手付きも、こんな感じだろうか。そう思えば、何だか少しだけ彼らを羨《うらや》ましいと感じる。温かくて、とても心地よい。

「……なんか、お前の方が猫みたいだな」

「ご主人様、お休みが欲しいですにゃー」

「うわ、あざといな！　可愛いから余計にむかつく！」

調子に乗って猫まねをしてみれば、クライヴは笑いながらシャーロットの髪を乱す。憂《うれ》いのない彼の様子に、いつの間にか胸の痛みは消えていた。

「わかったわかった、今夜は何もしない。午後の仕事もなるべく早く片付けて休むよ。助手に心配される王宮魔術師ってのも格好悪いしな」

「え、格好……？」

意外な台詞《せりふ》に、つい真顔になってしまう。まさか、あの様相で格好を気にしていたのだろうか。埃《ほこり》まみれの、あの部屋で？

「ほう、何か言いたげだな？　言ってみろ助手よ」

「な、なんでもないです、ご主人様」

……ローブの塊に格好良さなどもちろん感じたことはないが、それは心に秘めておくことにしよう。不可解な点は多いが、ひとまず休んでくれるのなら十分だ。

買ってきた昼食はすっかり冷めてしまったが、代わりに胸はぽかぽかと温かい。

彼の軽い笑い声に耳をかたむけながら、シャーロットは静かに目を閉じた。

＊　＊　＊

夜のお勤めがなかった翌朝は、たっぷりとした睡眠をとって迎えられるはずだった。

ベッドの中には今朝も猫たちが居座っており、ゴロゴロと気持ち良さそうにシャーロットに擦り寄っている。

にも関わらず、昇《のぼ》ったばかりの朝日に照らされたシャーロットの顔は、気だるげなままだ。焦点の合わない目は、どこか遠くを見つめている。

「……猫は可愛いし、幸せな朝なのに」

少し手を伸ばせば、ふわふわとした温かい感触。いつものシャーロットなら感激する朝なのに、何故か心は晴れない。目覚めた時から、嫌な予感が止《や》まないのだ。

何度か寝返りをうち、結局起きることにしたシャーロットは、寝間着に上着を羽織って部屋を出る。ふらふらと足が向かう先は、すぐ隣だ。

いつからかシャーロットには反応しなくなった魔術鍵が音もなく開き、薄暗い部屋の中へと誘う。少し歩けば、蝋燭《ろうそく》に照らされた机の上で、黒いローブの塊が眠っていた。

「やっぱり……すぐ休むって言ったくせに」

不自然に転がったペンが、彼が意図せず眠ってしまったことを物語っている。頭の横には本や書類、それから薬の材料が瓶《びん》で積まれ、腕の下には走り書きの作業予定表が広げられている。

それが到底《とうてい》一人でこなす量でないことは、覗いただけでもわかった。

「私は猫さえいれば幸せですけどね」

そっと撫でた彼の猫耳は、猫たちとは少し違う感触で心地よい。その下の、彼の髪も。

「……だからって、ずっと役立たずでいて平気なほど、自尊心低いわけでもないんですよ」

彼の腕の下からそれを抜き取り、目を通す。さすがにできないことが多いが、下準備ぐらいならシャーロットがしても問題ないだろう。

(越権《えっけん》行為かしらね)

それでも、疲れて眠る彼を放っておくという選択肢《し》は浮かばなかった。彼はシャーロットの願いを聞いて、頭を撫でてくれた。〝他の人間とは違う〟とわかったから。

「……手伝ってくれって、言いましたよね？　それなら私も応えます」

クライヴを起こさないよう静かに移動しながら、まずは台所の調合器具の用意を始める。次は薬草を計って調合できる形にして、次は――……。

やがて、ベッドの主がいないことに気付いた猫たちが起きる頃には、予定表の大半の準備を終えたシャーロットが、研究室の椅子で眠っていた。

「なぁう？」

その顔はどこか誇らしげで、猫に向き合う時のように、穏やかに微笑んでいる。

猫たちはそのまま起こすことなく、シャーロットの膝の上で身を丸くする。日は差し込まないはずなのに、今朝の研究室の空気はとても温かい。

「…………にゃあお」

ふと、猫の鳴く声が響く。眠る二匹とは違うそれは、シャーロットを労《いたわ》るようにゆっくりと広がり、やがて空気に溶けていく。日向《ひなた》と草の名残を置いて。

——その後、一時間ほど経ってようやくクライヴが目を覚ましたが、準備が終わっていることに気付くよりも、例の寝間着姿のシャーロットに悲鳴を上げる方が先だった。

＊　＊　＊

「……良いことしたはずなのに、なんだか納得いかないわ」

朝の騒動を終えた午後、準備の甲斐《かい》あって全ての予定を終えたシャーロットは、今日は王都の国立図書館へお使いに出されていた。

引き篭もりのクライヴに代わって外出するのは理解しているが、どうにも今日のお使いは追い出されたという印象が強い。

シャーロットの準備に不備はなかったし、手伝いも完璧にこなしたはずなのに。

「おかしなことはしてないのに、クライヴ様は私を避けるし。なんなのよ全く」

不満げなシャーロットに、ついて来た二匹の猫たちは微妙な表情で顔を見合わせる。

いくら仕事人間とはいえ、クライヴも男。それなりに可愛い年頃の娘が、あんな扇情《せんじょう》的な薄着で部屋にいたら、そりゃ挙動不審にもなる……というごく一般的な発想は、残念ながらシャーロットには思い当たらないらしい。

振り回される飼い主をさすがに不憫《ふびん》に思ったか、猫たちはそっと視線を後方に向けた。

「ん？　どうしたの？」

それに気付いたシャーロットも視線を追うと、先には厚いカーテンのかかった窓。

よくよく見れば、そのわずかな隙間《すきま》から黒ローブの姿が覗いていた。

「私たちの研究室、あんなところにあったのね」

軽く手を振ってみれば、クライヴも陰からこっそり手を振り返している。見送りに出るほどシャーロットが心配だったのだろうか。

しかし、二、三度手を振ると、カーテンの奥へ去って行ってしまった。

「あら、あの人照れ屋ね」

「フー……ッ」

やや名残惜しく手を止めたが、次に聞こえてきた猫たちの声に、彼が隠れた理由を悟った。

「やあファレル君！　こんなところで会うなんて、奇遇だね」

「げ」

ちょうどシャーロットが向かおうとした出入り口から、猫嫌いことデリックが駆け寄ってきたのだ。相変わらず仕立ての良い装いに身を包み、笑顔はキラキラと輝いている。

「ご、ごきげんよう、ノーフォーク様」

「久しぶりだね、会えて嬉しいよファレル君！　姿は見かけていたのだけど、何故か話せなかったからね」

露骨《ろこつ》に避けていたのだが、彼には通じなかったらしい。理由を知らないのでは仕方ないかもしれないが、それにしても前向きすぎる発想だ。

今だって、シャーロットの足元には使い魔たちが居るというのに、構わず距離をつめてきている。どうやら本当に喜んでいて、気付いていないようだ。

ニコニコと微笑むデリックに居心地の悪さを感じながら、シャーロットは曖昧に表情を作って返す。

「えーと、外でのお仕事ですか？　お疲れ様です」

「ありがとう。と言っても、僕らは様子見に回っているだけだけどね。魔術的な修繕がいるものがあったとしても、大抵の方はアーネットをご指名だから」

「あ……」

別の魔術師も言っていたが、引き篭もる前のクライヴは外での仕事が多かったそうだ。指名を受けるほどならば、きっとこちらでも信用のおける仕事をしていたのだろうが。

「半年も出てこなくて、大丈夫なのでしょうか？」

「今のところ、何も問題は起きていないよ。自分勝手な男だけど、魔術師としての腕は確かだからね。ただ、あの男への新規依頼を断り続けている状況だから、やっぱり腹が立つよ」

「なるほど、半年経っても忘れられていないのですね、あの人」

デリックは不満そうだが、クライヴの人気は引き篭もっていても落ちていないようだ。しかし、仕事を断り続けていては、その信頼もいずれなくなってしまうだろう。

なくなる前に、なんとか外へ出られるようにしたいものだが……。

「何をしているのか知らないけど、いい迷惑だよ。さっさと出てきて仕事をしろ」

「……一応伝えておきますね」

きっと身ぎれいで健康そうな彼よりも、引き篭もりのクライヴの方が働いているとは思うが。

つい呆れ顔になったシャーロットに、相変わらずデリックは気付かない。ある程度文句を呟き終えると、何ごともなかったかのようにまた笑みを浮かべた。

「君は今日はどうしたんだい？　見たところ荷物もないようだけれど、遅い昼食に出るのかな？　よかったら、いい店を紹介するよ」

「食事は済ませました。今日は図書館へお使いです」

「……アーネットのヤツ、またそんな小間使《こまづか》いみたいな仕事を頼んで!!」

シャーロットが正直に答えると、途端にデリックは眉を逆立てる。助手も小間使いも似たようなものだと思うのだが、デリックにとっては違ったらしい。

「ファレル君、やっぱり君はあの男の元にいるべきではないよ！　あいつに君は勿体ない！　君のような優秀な人には、魔術師として活躍できる場を与えるべきだ。僕なら絶対に、こんな雑用みたいな仕事はさせない。ねえ、僕のところへおいでよ！」

「は、はあ？」

……この男、もしやシャーロットを勧誘したくて、かまい続けていたのだろうか。

妙に熱の篭《こ》もった彼の目を見返しながら、シャーロットの心は反比例して興味を失っていく。

元々猫のいない職場に何の価値も見出《みいだ》していなかったが、今は嫌悪感すら覚える。

だいたい、デリック本人が先ほど「クライヴは優秀だ」と認めたばかりだというのに、そこに相応《ふさわ》しくないと言うなど、シャーロットへの侮辱もいいところだ。

（……この男、本当に鬱陶《うっとう》しいわね）

冷たく目を細めたシャーロットが、拒絶しようと口を開いて、

「フギャアアア!!」

次の瞬間、もはや恒例となりつつある黒猫の勇《いさ》ましい鳴き声が、二人の意識をそちらへ引き付けた。途端に悲鳴を上げて距離をとるデリックに、シャーロットはホッと息をつく。

「なっまっまたその黒猫ッ!?　なんなんだよ、全く！　いつも邪魔ばかりして!!」

「彼女は可愛い可愛いクライヴ様の使い魔で、私の大切な同僚です」

ブルブルと震えるデリックを尻目に黒猫を撫でてやれば、シャーロットには喉を鳴らしながら甘えてくる。

少し離れたところの茶猫は、彼女の別猫っぷりにやや呆れた様子だ。

「アーネットの使い魔だと!?　そうか、それでいつも僕の邪魔をしたのか！　僕が猫嫌いだと知っているのに、よくも!!」

「貴方の猫嫌いとか心底どうでもいいですし、クライヴ様は何の指示も出してません。こちらを勝手に敵視するのは止めていただけますか？」

ますます温度の下がった目つきでシャーロットが答えるが、デリックは『あいつの使い魔』という事実に頭がいっぱいらしい。

キッと猫たちを一睨《ひとにら》みすると、そのまま研究室棟の方へ走って行ってしまった。「覚えていろ」と捨て台詞がつきそうなほど、情けない後ろ姿で。

「……なぁお？」

「大丈夫よ、いつもありがとね」

ようやく静かになった周囲に、シャーロットは疲れたように目を閉じる。

シャーロットの何がそんなに気に入ったのかは知らないが、全力で避けているのだから関わらないで欲しいものだ。このままでは、いつか怒りが殺意に変わってしまう。

「……クライヴ様の代わりに外へ行ってくれるのは、ありがたいのだろうけどね。だからって嫉妬《しっと》されても困るわよ。他に人いないのかしら」

まあ、人手不足だと言っていた張本人だし、他がいるのならクライヴの助けなどしないだろう。仮にも名門筋、代わりをこなせる数少ない人間だというなら仕方ない。

心配そうに見上げてくる猫たちの喉元を、またゆっくりと撫でる。

「あの猫嫌いのことは忘れましょう。無駄な時間をとっちゃったし、急いで図書館に行ってくるわ。寂しいけど、二人はクライヴ様をよろしくね」

「にゃっ！」

元気よく返事をする二匹に、ようやくシャーロットはにっこりと笑った。

「もし留守中、貴女たちに何かしてくるのなら、あの男の生皮剥《なまがわは》いで楽器にしてやるからね」

「みゃッ⁉」

——笑顔のまま、つい血生臭い提案が口をこぼれる。皮云々《うんぬん》は、猫にちなんだ東方の楽器『三味線《しゃみせん》』のことだ。それの人間版にしてもいいと思う程度には、デリックに腹を立てていたらしい。安心してと笑むシャーロットに、猫たちの方がぶんぶんと首を横にふる。

「じゃ、いってきます！」

猫嫌いを想像上でやっつけたおかげか、少し元気を取り戻したシャーロットは、颯爽《さっそう》と裾を翻《ひるがえ》してお使いに向かって行く。何故か震える猫たちは、シャーロットの姿が見えなくなるまでずっと見送ってくれていた。

国立図書館が建つのは、王都の中心から少し離れた場所、閑静《かんせい》な住宅街のすぐ近くである。

シャーロットも学院に入ったばかりの頃は、落ち着ける場所を求めてよく足を運んだものだが、『鉄の魔女』になってからはめっきりその機会も減ってしまった。

何せシャーロットの周りに誰も寄ってこなくなったので、学院の中でも静かに過ごせたのだ。端から見れば寂しい光景だろうが、勉強をするには良い環境だった。

(久々に来ると、やっぱり広いわね)

三階まで吹き抜けに造られた室内は、どこを見てもびっしりと本で埋まっている。機関の資料室もなかなかの規模だが、ここはさらにその数倍は広く、国一番の蔵書数を誇る場所だ。

独特の本の匂いに誘われるように、シャーロットは奥へ奥へと進んで行く。

やがて、希少な魔術書の棚にたどり着いたシャーロットは、並ぶ分厚い革背表紙に目をこらしながら本を探し始める。ここは魔術師にとって、さながら『宝の山』だ。

(……さすがに、読めない本が多いわ)

図書館側が注釈をつけてくれているものもあるが、希少本には古代文字や他大陸の言語など、普通に暮らすには無縁の言葉で書かれたものがとても多い。

今日クライヴに頼まれた本も、その類《たぐい》の題名のものだ。手伝いをする内にいくらかは読めるようになったが、それでもなかなか見分けはつかず、まるで間違い探しのような作業だ。

「こんなの、本当に読めるのかしら？」

とても文字とは言いがたいソレを見比べながら、出しては戻してを繰り返す。魔術師として尊敬する彼が所望《しょもう》する品なのだから、きっととんでもなく濃い内容の本なのだろうが。

——結局シャーロットが目当ての本を見つけたのは、短針が一つ以上進んだ後だった。

「では、こちらは希少書籍となりますので、取り扱いと返却期間にご注意下さい」

「はい、ありがとうございます」

広い木製机を隔《へだ》てて、若い女性司書に渡された分厚い本をしっかりと抱える。

やっとのことで本を探し出したシャーロットだったが、その後の貸し出し処理もとても面倒だった。

クライヴから預かった委任《いにん》状で済むかと思いきや、持ち出す人間にも手続きがあり、同じような署名を何枚も書くはめになったのだ。ただ本を借りに来ただけだというのに、目と手が疲労を訴えている。

(これはちょっと、あの猫嫌いの発言に同意したくなるわ)

小間使い同様の助手だと受け入れてはいたが、この作業はしばらくごめんだ。

深く息を吐き、ようやくとばかりに図書館を出ようとして、

「あ、あの!」

慌てた様子の女性司書に止められてしまった。まだあるのか、とうんざり気味に出口に向けた足を戻す。

「……まだ書くものがありましたか?」

「い、いえ、あの……クライヴ様の助手さん、ですよね？」

「一応そうなっていますが、身分証明が足りないでしょうか？」

もう機関へ問い合わせてもらっても、と説明をしようとして、彼女は小さく首をふった。

「クライヴ様はお元気ですか？　最近お見かけしないですし、一部ではご病気かもという話もでていますし」

「ああ、そっちですか」

良かった、書類はもう終わったようだ。女性曰《いわ》く、この国立図書館もクライヴの得意先の一つらしい。以前はよく訪れていた彼を見なくなったので、皆心配しているそうだ。

（……心配というか、もしかしてこの人）

一応具合を案じているが、上気《じょうき》した頬に少しうるんだ瞳。彼女がクライヴについて話す様子は、どう控《ひか》えめに見ても恋する女性のそれだ。シャーロットでもわかるほどあからさまに。

「もしかして、クライヴ様とそういう関係でしたか？」

「ち、違います！　私はそんなっ……ただその、素敵な方だとは思っておりましたが」

司書の上げた声に反応して、近くにいた従業員たちがこちらへ視線を向ける。その大半は女性であり……なるほど、今気付いたが、シャーロットの言動は注目されていたらしい。

「詳しくはお話しできませんが、普通に仕事はしてますよ。外にはまだ出られませんが」

「そ、そうですか。ありがとうございます！　ではあの、お気をつけて！」

周りに気付いた司書は、追い立てるようにシャーロットに退室を促《うなが》す。他の女性たちは明らかに残念そうだが、面倒に巻き込まれても嫌なので早々に図書館を出た。

「……本当にモテるのね、クライヴ様」

本の匂いから逃《のが》れれば、どっと疲れが押し寄せる。クライヴへの指名が多いと聞いたばかりだが、その中にはきっと、今の司書のような女性もいるのだろう。腕がいいのも間違いないが、〝こういう面〟もあるからこそ、デリックは不機嫌なのだろうし。

(確かにきれいな顔だとは思うけど)

シャーロットも同意はするが、どうしても思い出すのは黒ローブの塊か、愛らしい猫耳しっぽのついた彼だ。彼女たちのような憧れの視線を向ける相手とは違う気がする。

しかも、出会いの場は薄暗くゴミ溜めのような研究室。余計にときめきは遠い。

「……人間って、顔が良ければいいのかしら」

クライヴの中身は知らないくせに。ふとそんな考えがよぎって、何となく胸がモヤッとする。彼が汚部屋の住人で、今はローブの塊だと知っても、あんな紅潮した顔で迎えてくれるだろうか。それとも――……。

「いや、関係ないわね。どうせ誰にも会わないだろうし」

シャーロットらしくないことを考えたと、小さく頭をふる。

とりあえず、今はこのお使いを終わらせなければ。重い本をしっかり抱えて、足を速める。

気分は何となく晴れないまま。

　見上げた空は高く明るい。彼の出られない街はきれいで、なんだか少し切なかった。


「……おう、お帰り。ずいぶん遅かったが、大丈夫か？」

「ただいま戻りました。間違い探し、なんとか勝って参りました！」

「間違い探し？　何か催《もよお》しでもあったのか？　まあ、お疲れさん」

　息を切らせたシャーロットが研究室の扉を開けると、出迎えたのは薄暗い照明と山を作る本と資料。そして、ローブに覆《おお》われた不格好なクライヴの姿。

　朝と変わらぬ個性的な様子に、何故か安心して溜め息がこぼれた。

「……はい、少し、疲れました」

　安心したら今度は力が抜けて、そのまま床に座り込んでしまう。どうやら無意識の内に、かなり無理をして走ってきたようだ。慌てて駆け寄ってくる猫たちの体温が心地よい。

「よくわからんが、ほら、勝利の美酒だぞ。飲めるか？」

「水じゃないですか、いただきますが。では私も、この鈍器《どんき》めいた魔術書を授《さず》けましょう」

「その本では絶対に殴るなよ？　やるならその辺で石でも拾え」

「え、石でなら殴っていいんですか？」

　受け取ったカップをあおれば、冷たい水が喉に染《し》み渡っていく。冗談を言い合ったクライヴも、人心地がついたシャーロットの様子にホッと息を吐いた。

「……悪かったな、無理をさせた。急《せ》かしたつもりはなかったんだが」

「これは私が勝手に走ってきただけで……いえ、遅くなってすみませんでした。お使いはその本で良かったですか？」

「ああ。今日はお前のおかげで仕事が早く片付いたからな。久々にゆっくり読書の時間がとれそうだ。ありがとな」

見上げたクライヴは嬉しそうに本を掲げている。今日は心なしか顔色も良く見えるので、朝の苦労は無駄ではなかったようだ。

どういたしまして、とシャーロットが笑って返せば、ふいに彼の表情に翳《かげ》りがまじった。

「………なあ、出かける前に誰かと話していたよな？　知り合いか？」

「はい？」

問いかけの声は、何故かほんの数秒前より低い。唐突《とうとつ》な話に、つい首をかしげる。

出かける前といえば、話をした人間は一人だけだ。

「……一応知っている人間ですが、知人とは扱いたくありませんね。関わりたくないですし」

「そ、そうなのか？」

指しているのがデリックだとわかれば、シャーロットの眉間《みけん》にも自然と皺《しわ》がよってしまう。

この機関では目立つ服装のはずだが、すぐに隠れたクライヴは気付かなかったのだろう。

「心配しなくても、誰にも貴方のことを話したりしていませんよ？　特にあの男には、何があっても絶っ対に話しません！　我が神に誓って！」

「いや、別にそういうことを心配したわけじゃないんだが……その、俺の知らないところで、親しいヤツができたのかと思って」

呪いについて心配しているのだろうと否定を返せば、今度はどこか歯切れが悪い言い方でクライヴが応える。引っ張られたフードの下では、もぞもぞと猫耳が震えている。

「……貴方以外に親しい方は思いつきませんが」

「資料室の司書はどうだ？　あいつとならよく喋《しゃべ》るのだろう？」

「よくというほど喋った覚えはありませんね。顔を覚えているだけで、名前も知りませんし。他人と話すのが心配でしたら、貴方と猫たち以外とは今後一切口をききませんよ？」

「ちがっ……そこまで規制するつもりはない！」

今更だが、外に出られないクライヴはシャーロットの言動が不安なのだろう。それならばと提案してみれば、彼は慌てて首を横にふる。……フードから覗く頬が、妙に赤い。

「クライヴ様？　大丈夫ですか？」

「なんでもない！　なんでもないから気にしないでくれ!!　何か頼みたければ呼ぶから、お前はこのまま休憩な！　猫たちも一緒でいいから！」

「はい、それは喜んで」

ぶんぶん首をふりながら、落ち着かない様子でクライヴは机へ戻って行く。今日は元気そうに見えたが、やはり疲れているのだろうか？

呆然《ぼうぜん》と彼を見送れば、待ってましたといわんばかりに猫たちがじゃれついてくる。ふわふわと頬をくすぐる感触に、次第にシャーロットの表情もゆるんでいく。不在の間、あの猫嫌いが何かしてくることもなかったようだ。

「お留守番ありがとね。ああ、うちの子たち本当に天使……猫最高!!」

「にゃー♪」

「……はいはい、良かったな」

喉を鳴らす音を聞きながら、珍しく穏やかな研究室の午後はゆったりと過ぎていった。

＊　＊　＊

日が落ち就業時間も過ぎた頃、いつも通り買ってきた夕食を終えたシャーロットは、結局その後用事を言われることもなく、のんびりと時間をすごしていた。

クライヴはずいぶん集中して本を読んでいるらしく、夕食時もひたすら無言だった。一応何かあるかもと控えていたが、そろそろ部屋へ戻ってもいい頃合いだろう。

二匹と遊んでいた猫じゃらしをしまうと、冷めたコーヒーのカップを片付け、クライヴへ近付く――と、ちょうど顔を上げた彼の碧色《へきしょく》と視線が合った。

「あー……悪い、すっかり集中してた。時間大丈夫か？」

「そろそろ部屋に戻ろうかと思っていました。すごい集中力でしたが、そんなに面白い本なんですか、その鈍器」

「鈍器って言うな。視点を少し変えてな、召喚術の本なんだよ」

てっきり解呪関係の本だと思っていたのだが、違ったらしい。しかし、内容は彼を満足させるものだったようだ。眉間の辺りをもみながらも、クライヴの声は弾《はず》んでいる。

……どう見ても絵文字のそれを、普通に読んでいることも驚きだが。

「解呪はもういいんですか？」

「まさか、これも解呪に関わる魔術書だ。というか、最近外に出ろって催促《さいそく》が激しくなってきてな。今まで以上に、真剣にやろうとしているところだ」

「確かに、同僚がたや今日行った図書館の女性も心配していましたよ」

「……だよな。そろそろ引き篭もりも限界なんだよ、多分」

長い指が眉間から額へ滑れば、さらりとこぼれる艶《つや》やかな黒色。曰く、これも呪いで変色してしまった髪。その黒が、三角耳と共にフードを落とす。

「今読んでいたのは、『預言者《よげん》の召喚』という魔術だ。かなり古いものだが、成功すればきっと手がかりを得られるはずだ。それで、お前に協力してもらいたいことがある」

まっすぐで真剣な碧眼が、射抜くように見つめてくる。背筋が震えるような鋭さに、シャーロットは静かに頷く。

「また儀式をするんですね。今日は沢山《たくさん》休憩しましたし、協力しますよ」

「それももちろんなんだが――……ああ、やっぱり駄目だ!! ちょっと待ってくれ!!」

「……は、はい?」

キリッと張り詰めた空気から一転、まっすぐ見ていた彼の顔が、何故か勢いよく横を向いた。

ほんの一瞬での変わりぶりに、シャーロットは目を瞬《しばた》かせる。

「な、なんですか? やっぱり私が嫌なら、関わらないようにしますけど」

「違う!! そうじゃなくて、この儀式にいる材料が、俺では手配できなくて……だから、別に今夜どうこう、というわけじゃないんだが……あああ!!」

答える間にも、クライヴの頬や耳がどんどん赤く染まっていく。どうやら、彼に手配できない材料とやらが原因のようだ。

これまでに試した儀式の用意は、全てクライヴが一人で行《おこな》っていた。どこから材料を仕入れているのかわからないが、おそらく王宮魔術師のツテがあるのだろう。

その彼が入手できないものというと……シャーロットが考えつくのは一つだけだ。

「もしかして、必要なものが『女にまつわるもの』なんですか?」

「……察しがよくて助かる。ああでも、女のお前でも他人には聞きづらいものだと思うんだよ。

だから、どうしようかと思っているんだが……」

「別にいかがわしいものでないなら、協力しますけど」

何故かシャーロットから距離をとろうとする彼の手を、慌てて掴む。途端に、びくんと反応した彼の頭で、三角耳が面白いぐらいに立った。

「……まさか、いかがわしいものが必要なんですか？　今度こそ通報案件ですか!?」

「いかがわしいって言うな!!　だから、これにはその……………『処女の生き血』がいるんだよ」

「生き血？」

ぐっと顔を近付けたシャーロットに、蚊《か》の鳴くような声が答える。処女、の部分など、ほとんど聞きとれないほどの声量だった。

「それはもしかして、経血《けいけつ》とか、そういうアレな……」

「そんなもの使うか!!　普通に血だよ！　指とか少し切って、ほんの何滴かでいいんだ!!」

「なんだ、それなら私が提供しますよ、血ぐらい」

「…………………は？」

爆発しそうなほど真っ赤だったクライヴが、途端にぴたっと止まった。

最初の降霊会じみた儀式の時点で、血ぐらい使っていると思っていたシャーロットは、少し安心して返答を待っている。

「他に足りないものはないんですか？　でしたら、元気な今夜の内にやってみましょう」

「あ、いや、それはいいんだが…………お前処女なのか？　本当に？」

「すごく失礼なことを聞かれていますが、お殴りしてもよろしいですか」

そもそも、友達もろくにいないシャーロットに恋人などできるわけがないのだが、彼はそのことを知らないのだろう。

目を細めて拳を握るシャーロットに、しかし固まったままのクライヴは逃げようともしない。

「え、だってお前……ずいぶん慣れていたじゃないか。今朝もあんな格好で俺の部屋にきたし、初日だってここに泊まるとか言っていたし」

「何の話ですか？　今朝は下準備を手伝っただけですし、あの寝間着は貴方がくれたものでしょう？　ああ、貴方の仕事中毒っぷりに慣れればいいんですか？」

「え、いや、本当に……？　本当にお前、男を知らないのか？」

顔をまた真っ赤に染めて、クライヴは居心地悪そうに頬をかく。シャーロットが血を提供できるなら楽で良いはずだが、何か問題でもあるのだろうか。

「何を疑われているのかわかりませんが、私に恋人なんているわけがないでしょう。恋猫なら欲しいですけど」

「あ、うん、俺が悪かった。なんでもなかったわ。儀式やるか」

ちらっとオスの茶猫の方に視線を向けた瞬間、クライヴの顔から赤みが消し飛んだ。

手早く本などを片付けると、急ぎ足で扉へ向かい始める。……じゃれようとした猫たちを、さりげなくシャーロットから引き離して。

「とりあえず、お前は身を清めてきてくれ。終わったら中庭の方に集合な。……くれぐれも、うちの使い魔に手を出すんじゃないぞ。種族の壁越え駄目、絶対」

「そこまで腐っていません。さっきからなんですかクライヴ様、変ですよ？」

「人間のオスとしてちょっと傷付いただけだよ！　そうだよな、お前は俺なんかより使い魔の方が気になるもんな！　くそっ、準備行ってくる!!」

何故か拗《す》ねたように言い捨てたクライヴは、フードをかぶり直すと廊下を走って行ってしまった。自分が見られたくない系引き篭もりだと忘れていなければいいのだが。

「なんなのかしら、アレ。冗談でも、クライヴ様に恋人になれとか言えばよかったの？」

「な、なぁーぉ……」

根は真面目そうなクライヴのことだ、その手の冗談は嫌がると思っていたのだが、先ほどの捨て台詞はそういうことなのだろうか。

まさかの反応にシャーロットも立ち止まってしまう。微妙な声を上げる黒猫は肯定も否定もしないが、その目からは同情めいた生暖かい感情が見てとれた。

「……ふふ。本当に、残念で変な人」

いつの間にかシャーロットは笑っていたらしい。こぼれた音は軽く、やわらかい。

それが、普段なら猫にしか向けない自然な形であることに気付かないまま、シャーロットと猫たちも研究室を後にした。

数十分ほどかけてじっくりと体をきれいにし、下着などを着替えたシャーロットは、猫たちに案内されて中庭へ向かう。

クライヴがわざわざ言ったので、いわゆる『禊《みそぎ》』の意味合いと捉えて整えてみたが……よく考えれば、これでは生贄《いけにえ》の役割だ。

（まあ、血を提供するのなら、生贄みたいなものか）

解呪儀式はどうにも不気味な方法が多かったが、シャーロットが提供する側になるのは初めてだ。あまり怖くないもので、かつ痛くない方法だと良いのだが。

不安を感じつつも、研究室棟と他部署を繋ぐ中庭に出て……残念ながら、シャーロットの希望は早々に砕かれることになった。

「………なにこれ」

ここの中庭は、脇の花壇に薬草畑が並んでいる以外には、芝生地のごくごくありふれた庭であったはずだ。それが、なんということでしょう。

広々とした芝生一面に石灰《せっかい》と黒インクの二重線で描かれる冒涜《ぼうとく》的な魔術陣。その巨大さ、模様の奇妙さだけでも寒気を覚えるというのに、端々《はしばし》に置かれている明かりは蝋燭ではなく、黒ずんだ何かを燃やして灯《とも》る火だ。よく見れば、爬《は》虫類《ちゅうるい》形の干物が火種らしい。死臭の混じる異様な煙に、猫たちは顔をふるって臭《にお》いを避けようとしている。

そして、その場を作り上げたクライヴは、全身を夜空と同じ色で覆う不気味な出で立ち。

薄明かりに照らされる姿は、魔や霊的なものといっても信じてしまうほどに怪しく、同時に薄く笑むその唇は、ぞっとするほど美しくも見えた。

「……ん？　ああ、来たか」

「帰っていいですか」

ゆったりと振り返るクライヴに、思わず太い声が出てしまった。せっかく身を清めたのに、こんな場所にいてはすぐに穢《けが》れてしまいそうだ。

イヤイヤと首をふる一人と二匹に、クライヴは慌てて駆け寄りシャーロットの腕をしっかりと抱きこんだ。

「待て待て待て！　お前の血がないと始まらないんだ！　頼むから帰らないでくれ！　大丈夫、ちょっと血をもらうだけだ！　すぐ終わるからな？　なっ!?」

「怪しい勧誘みたいになってますよ!?　なんですか、これは!!　今までで一番不気味なんですが、絶対に悪魔とか召喚するヤツでしょう!?　生贄は嫌ですからね!?」

「そんなもん呼ぶか!!　まだそっちに手を出すほど困ってねえよ！」

「まだ!?　いつかは呼ぶ気じゃないですか!!　私死ぬなら猫に囲まれて逝きたい!!」

不気味な儀式場を背景に、二人の賑やかな言い合いが続く。いつもと常識度が逆転したやり取りに、猫たちも若干《じゃっかん》戸惑い気味だ。

「…………っ、しまった、騒ぎすぎた!!」

数分言い合った後、先に口を塞《ふさ》いだのはシャーロットだった。就業時間を過ぎてはいるが、ここは住み込み可の職場だ。他の人間がいないとは思えない。

ましてや、ここは中庭。どこからでも見える開けた場だと思い出し、慌ててクライヴのフードを両手で押さえつける。

「おい、何のつもりだ!? ち、近い!!」

「すみません、忘れていました。見られていませんか? 周囲に人の気配は?」

「――あ、ああ、大丈夫だ。人払いはしてあるし、周囲に近付けないように結界も張ってある。儀式が終わるまではどこからも見えないし、俺たち以外は入ってこられない」

「……ならいいです。取り乱しました、すみません」

「いや、気にしてくれて嬉しいが……近いから離れてくれ」

有能な彼らしい対処にホッとしたが、当のクライヴはやや困惑気味だ。フードから覗く肌は暗闇でもわかるほどに赤くなっている。

「失礼しました。痛めてませんか、猫耳」

「……わかってはいたけどな。くそっ…………少しぐらい意識しろよ」

手を離して一歩下がれば、消えそうな小声で彼が何か呟く。聞き返そうとしたが、その前にローブを翻す手がそれを遮《さえぎ》った。

「はあ………時間が惜しい。始めるぞ」

「え、あ、はい」

なんとなく声が不機嫌そうに聞こえたが、きっと気のせいだろう。クライヴに指示されるまま不気味な陣の中央に立ち、備えられた小さな机を見る。乗っているのは平皿とナイフ。どちらも銀製のようで、おそらくここに血を垂らすのだろう。

ナイフを手に取り準備できたと頷けば、両脇に猫を従えたクライヴが陣の始点に立つ。

《開け空、繋げ狭間《はざま》よ。我が願いを聞き届けし者、此処《ここ》にその身、その力を示し給《たま》え》

シャーロットも知る召喚術の一文が紡《つむ》がれ、フッと魔術陣に魔力が通る。枯れ地に水を流すように浸透し、奇妙な図形は『門』へと変わっていく。

《――………》

続いたのはきっと古代語だろう。不思議な音程を歌うクライヴの声に、目を閉じ耳をかたむける。

見た目は禍々《まがまが》しかったが、よく聞けば賛美歌《さんびか》のような神聖さを感じる呪文だ。声に合わせて、空も明るく染められていく。

「――頼む」

「はい！」

歌の一区切りの合図に応えて、利《き》き手ではない方の指に刃を滑らせる。気分が高揚していたせいか、うっかり切りすぎた傷口から赤がこぼれた。

「…………ッ!?」

痛いと思う前に、視界が真っ白に染まる。

生き血は最後の仕上げだったらしい。強烈な光が中庭を染め上げて――。

ざりっ。

「……にゃぁーお」

独特のザラついた感触が、シャーロットの指を舐《な》めた。

(今の、どっちの子?)

人間とは違う、ザラザラした作りは猫の舌の特徴だ。

鳴き声もしていたし、どちらかが心配して舐めてくれたのだろう。

(嬉しいけど、魔術の発動中は危ないわ。注意しなくちゃ)

まぶたの向こうで輝いていた光がゆっくりと落ち着いていく。少し待って、恐る恐るシャーロットは目をあけた。

「…………ん?」

しぱしぱと瞬きを繰り返す視界に、猫がいる。台に乗って、またシャーロットの傷口を舐めているようだが、

「…………白い？」

「みゃあ！」

黒でも茶色でもなく、夜闇の中でもよく映える純白。金色の瞳を細めるその子は、使い魔のどちらでもなかった。

「嘘だろ……また……また猫かよ‼」

そして、少し離れた場所からは、血を吐くようなクライヴの悲鳴が。

「え、じゃあ……さっきの召喚魔術で呼ばれたのは、貴方なの⁉」

「みゃー！」

撫でろと催促するように、白猫がシャーロットの手に顔をこすりつける。滑らかな毛並み、温かな体。触った感じも完全に猫で、あの大仰《おおぎょう》な魔術の結果だと思うと驚くしかない。

「あんな気持ち悪い魔術陣から、こんなに可愛い子が出てくるなんて」

「悪かったな‼　くそっ何故だ、失敗したのか？　だが、魔力はちゃんと……ゴホッ‼」

「クライヴ様⁉」

悪態《あくたい》の最中に妙な咳《せき》の音が混じり、シャーロットは慌てて彼の元へ駆け寄る。放っても危ないので、白猫も抱いてつれて行く。

陣の端で膝をつくクライヴは肩で息をしており、覗く肌には玉のような汗が浮かんでいた。魔術は大掛かりになるほど魔力消費も激しいものだ。出てきたのは小さな猫とはいえ、中庭一面を使った巨大魔術に、体が耐え切れなかったのだろう。

「クライヴ様、しっかりして下さい！　どこか休めるところは……」

「……ぐ、かはっ！　こんな思いをしても、猫一匹とはな……何故こんな……」

彼の頭がもたれかかれば、シャーロットの華奢《きゃしゃ》な体は支えきれず傾いてしまう。なんとか倒れないよう、体勢を立て直すので精一杯だ。

背中をさすりながら困惑するシャーロットに、腕から離れた白猫がゆらりと揺れる。

「落ち着け、若き賢者よ。そなたの声は正しく届いておるぞ？」

そして――――喋った。

「…………は？　え？　今喋った!?　お猫様が!?」

「…………マジかよ。じゃあ、まさか、貴方は……」

目を見開き、二人はそろって硬直してしまっている。白猫がニヤリと笑った。

「然《しか》り。我は神に連なる者。我は預言者。誤解をさせてすまないな、人の子よ。何分、顕現《けんげん》する姿は媒介となった乙女の血に依《よ》るのでな。斯様《かよう》に小さき姿は、我も初めてだ」

「お前のせいだよ、この猫狂い!!」

「貴重な血を提供した助手に、ひどい言い草ですね!!」

優雅に一礼する白猫を横目に、すぱんとシャーロットの頭から小気味良い音が響く。つい数秒前までゼエゼエ言っていたのに、恐るべき変わり身の早さだ。

そのまま、震える足を跪《ひざまず》く姿勢に直し、クライヴは勢いよく頭を下げた。

「お見苦しいところをお見せいたしました。お目にかかれて光栄です」

「はは、堅苦しい挨拶はいらぬよ。見ての通り猫なのでな。敬《うやま》われるよりも、撫でてくれた方がこの身は喜ぶようだ」

優雅にしっぽを揺らし、平伏するクライヴを細い目が一瞥《いちべつ》する。穏やかな口調ではあるが、敬われ慣れたその態度は、確かに普通の猫とは違う空気を感じさせる。

「……では、僭越《せんえつ》ながら私が」

しかし、クライヴの態度にムッとしたシャーロットは、白猫を引き寄せると使い魔たちと同じように撫でた。どうせすでに一度抱いてしまった後だ。今更撫で回しても変わらないだろう。

喉を鳴らして気持ちよさそうに甘える様子は、他の猫たちと変わりないようだ。

「やめんか、この馬鹿女!!　無礼だぞ!!」

「うるさいですよ。お猫様がご所望なんですから、口出ししないで下さい」

当然クライヴは悲鳴のような声を上げるが、協力を無下《むげ》にされたシャーロットは頬を膨らませて応える。その間も白猫は撫でる手に甘えたまま、やはり咎《とが》める様子はない。

［まあまあ、落ち着け賢者よ。この子の魂は美しく、血も清らかであったからこそ、我はこの地に顕現できたのだ。あまり声を荒げては、消耗した身に障るだろうに］

「し、しかし……くっ」

疲れが残っているクライヴは、一声上げる度によろめき倒れそうになっている。手伝えと無言で訴える彼に、シャーロットはまたぷいと顔を横へ向ける。

まるで痴話喧嘩《ちわげんか》のようなやりとりに、眺める白猫は楽しそうに笑った。

［……さてさて、なかなか愉快な場所へ招かれたようだが、時間は有限だ］

そうして、ひとしきり撫でられ満足した白猫は、するりとシャーロットの腕をすり抜けて、クライヴの前へと降り立つ。揺れる純白のしっぽは、いつの間にか光を帯びている。

［この邂逅《かいこう》は生涯一度きりだ。若き賢者よ、我に何を問う？］

シャン、とどこかで鈴の鳴る音が聞こえる。

穏やかだった空気は張り詰め、白猫とクライヴの間を、冷たい風が過ぎていく。

「……では、預言者よ。どうか教えていただきたい。この呪いは何なのか」

表情を強張《こわば》らせたクライヴは、一瞬だけ躊躇《ためら》った後、フードを引き下ろした。

月明かりの下に、彼の黒髪と震える三角耳が姿を見せる。

［ほう、これはこれは……そうか、ではこの我の姿は〝あの神〟の……］

クライヴの猫耳を前に、白猫はすいと目を細める。

一見しただけで全てを理解した様子に、クライヴは耐え切れず身を乗り出した。

「それは、どういうことでしょう？　俺の呪いと、貴方の姿に関係が？」

必死な彼の姿に、凜《りん》とした声色《こわいろ》で白猫は答えた。


［若き賢者よ、そなたは〝猫神〟の怒りを買っている］

「ネコガミ……？」

ハッキリと告げられた名前に、驚いたのはクライヴだけではなくシャーロットもだ。

聞き覚えがなさそうなクライヴと違い、シャーロットはその名を知っている。こぼれ落ちそうなほどに目を見開けば、白猫の視線がシャーロットに向けられる。

［人の子よ、あれを解くにはそなたの助けが必要だろう。そなたこそが、鍵となる］

「わ、私!?　待って下さい、私は何も……」

白猫から響く声には、からかいめいた色は一切ない。穏やかでまっすぐなそれは、ただ諭《さと》すように降り落ちる。

（私が鍵って、どういうこと？）

反対に、急に声をかけられたシャーロットは困惑するばかりだ。

この儀式はクライヴの呪いを解くためのものであって、シャーロットは関わっていないはずだ。手伝ったのは最後の血の部分だけ。

助手として雇われるまでにクライヴと会った記憶はないし、まして呪いについても、シャーロットは何も知らない。

ゆるゆると首を横にふるシャーロットに、白猫——預言者は穏やかに微笑みかける。

それはまるで親が子を見守るような、とても温かく、愛情を感じる表情で。

[にゃあお]

(…………あ)

姿に合ったその鳴き声を、シャーロットは聞いた覚えがある。

いつか、どこかで——いや、〝いつでも、どこでも〟聞いた覚えが。

[ふふ、若き賢者に愛されし人の子よ。諍《いさか》いもあるだろうが、番《つが》いならば仲良く暮らすようにな。我はもう降りてはこれぬが、彼方《かなた》から見守っているぞ」

「つが……ッ!? 違います!! 私はただの助——」

——シャーロットが言い切る前に、預言者の姿はもうどこにも残っていなかった。

後にはただ闇が残るばかりで、あの猫がやはり普通の存在ではなかったと思い知らされる。

「…………一体、どういうことだ?」

静まり返った夜の庭に、呆《ほう》けたクライヴの声が響く。

困惑する碧色は答えを求めるようにシャーロットを見つめ、求められたシャーロットはまた首を激しく横にふった。

「し、知りません！　貴方の呪いについては、本当に何も知らないんです!!」

「お前を疑っているわけじゃない。ただ、『ネコガミ』だったか？　俺は聞いたこともないが、お前はそれを知っているんじゃないか？」

「………それは」

彼の表情はとても真剣で、本当に疑っているわけではないらしい。その様子に安堵《あんど》しつつも、突然名指しされたシャーロットも、返す言葉が思い浮かばない。

「ネコガミ――〝猫の神様〟が我が主を指すのであれば、知っています。ですが、それが呪いと関係あるのかは、私にも全く……」

「……そうか」

止まない胸騒ぎに、シャーロットは裾を握りしめる。ここにきて何故、己と己の神が関わってくるのか。それも、呪いなんておぞましいものに。

（ありえないわ。どうして我が主が、クライヴ様に……）

疑問は不安へ、不安は恐怖へと変わっていく。ああ、何故、どうしてこんなことに――？

白い月の光の下、どこか遠くで、猫の鳴き声が響いていた。

四章　猫神の祠と気付く感情

波乱の儀式から一夜明けて。やや寝不足ではあるものの、シャーロットの王宮魔術師助手としての一日は、今日も猫に付き添われて始まった。

「……だからな、昨日のあの方は『神に連なる者』つまり上位存在なんだよ。猫に目がないのは知っているが、もしお前のそれがあの方の怒りに触れていたら、今頃お前は生きていなかったかもしれないんだぞ？」

「……はあ、そうですか」

「お前のその物怖《ものお》じしないところは評価するけどな、もう少し自分の身を案じても……」

「クライヴ様、私に隠れるのは物理的に無理ですから、いい加減諦《あきら》めて下さい」

……シャーロットの一日は、今日も予定通り始まるはずだった。

――本日の付き添いが、猫改め〝猫耳男〟でなければ。

「…………」

「いや、かがんでも無理ですからね？　貴方《あなた》割と身長ありますし、横幅も私よりはあるんですから」

シャーロットの背後から肩を掴《つか》んだまま、なんとか身を小さくしようと苦戦する男に、聞こえるように深く息を吐く。

現在地は研究室棟と他の施設を繋《つな》ぐ渡り廊下……にさしかかる前の壁際《かべぎわ》だ。今日はなんと、引き篭もり魔術師クライヴが、日の高い内から部屋を出てきている。

理由はもちろん、昨日の《預言者《よげん》》こと、あの神々《こうごう》しい白猫の発言だ。

昨夜行った『預言者の召喚』の儀式。あれは成功すると人智を超えた存在が呼ばれ、何でも一つだけ質問に答えてくれるというものだったらしい。

どう聞いても危ない魔術だが、使えるのは生涯《しょうがい》一度きりで、一応禁術指定もされていない。

そもそも、使える人間がほとんどいないそうだ。

大本《おおもと》の魔術書は希少本として管理されており、呪文はもちろん解説も全て古代語。術者本人には高い技術と膨大な魔力が求められ、清らかな乙女の血が顕現《けんげん》するそれの導《しるべ》になる。いくら処女でも、無理矢理協力をさせた者では駄目だったりと、失敗する要因がとても多いとか。

それらをくぐり抜けて成《な》された儀式にて、クライヴは見事求めていた答えを得た。

しかし、それはまさかの内容。シャーロットの愛する猫神が呪いの主《ぬし》だというのだ。

(我が主《あるじ》が誰かを呪うなんて、やっぱり想像できないけど)

未《いま》だ戸惑いを隠せないシャーロットだが、残念ながら他に猫の神は思い当たらないし、あの白猫もクライヴに協力してやれと言っていた。やはりシャーロットが信じる〝猫神〟で間違いないのだろう。

(他の参拝者《さんぱい》なんて一度も見たことはないし、クライヴ様はどこで我が主に会ったのかしら。それとも、やっぱり呪いじゃなくて祝福だったとか?)

シャーロットが来る前は、使い魔たちの世話はクライヴがしていたはずだ。猫を大事にする者に、その神が呪いを与えるとは思えない。

「……俺は気分だけでも隠れていたいんだ。いいから早く行ってくれ。その猫神とやらの祠《ほこら》の場所は、お前しか知らないんだから」

「……はいはい、わかりました」

ともあれ、原因がわかったのなら見に行ってみようということになり、冒頭の状態に戻る。

フード内の猫耳は髪留めでぴっちり押さえつけられ、しっぽは折り畳んで小型鞄に収納し、腰に下げている。そしてもちろん、いつも通りの黒一色ローブだ。

当然通りかかる人々からは怪しまれ、冷たい視線を投げかけられている。

「こそこそしてると余計に怪しいですよ。もっと堂々とすればいいのに」

「俺のことはでかい荷物だと思ってくれ」

「自分よりでかい荷物なんてごめんです」

だいたい、シャーロットがクライヴの助手であることは知れ渡っているのだ。身長から考えても、このローブの塊《かたまり》がクライヴだと予想するのは容易《たやす》いだろう。

「不信感を持たれて、戻った時に仕事をもらえなくなっても知りませんよ？」

「猫耳姿を見られるよりはずっとマシだ」

窘《たしな》めてみるも、〝でかい荷物〟を止《や》める気はないらしい。もう一度息を深く吐いて、なるべく人通りの少ない道を進んで行く。

本当は夜間に動ければよかったのだが、猫耳はあれどクライヴは人間だ。夜目《よめ》が利《き》かない中で調査をするぐらいなら、と腹をくくって研究室を出た……はずだったのだが。

半年間の引き篭もり生活は、クライヴを『本当の引き篭もり』にしてしまったようだ。過剰に周囲を見回しては光を避ける彼は、擁護《ようご》できないほど挙動も不審だ。

「耳としっぽ以外にも、問題山積みですね」

「……苦労をかける」

肩を握るクライヴを気遣いつつ、シャーロットも少しずつ進んでいく。使い魔たちは二匹ともお留守番なので、どんなに気疲れをしても心の癒《いや》しはいない。

結局、機関の建物を出る頃には、いつもの倍以上の時間がかかっていたのだった。

さて、難関であった機関の建物さえ出てしまえば、後は簡単だ。

何せここは国内でもっとも賑《にぎ》わう王都だ。人混みにまぎれてしまえば、このローブの塊がクライヴだと疑う者もそうそういない。

早朝ではなく店が開いている時間を選んだのもこのためだ。……まあ、不審人物に変わりはないので、多少視線を集めてしまうのはいたし方ない。

大きな揉《も》め事もなく通りを抜けると、二人は無事目的の街外れの店までたどり着いた。

「おう、アンタか！　一人じゃないなんて、珍しいこともあるもんだ」

「こんにちは。いつもの子ともう一頭見繕《みつくろ》ってもらえる？　なるべく乗りやすい子だと嬉《うれ》しいのだけど」

独特の草の匂いに満ちたそこは、助手になる前に利用していた貸し馬屋だ。天井の高い木造厩舎《きゅうしゃ》の中では、久しぶりに会う店主が楽しそうに笑っている。

周囲を見回していたクライヴも、柵の向こうに馬を見つけて、何の店か理解したらしい。

「てっきり馬車を使うと思っていたが」

「乗り合い馬車では不便なんですよ。目的地が街道《かいどう》の外《はず》れにあるので、行きはともかく帰りを掴まえられない可能性が高くて。何より、今の貴方を知らない人と一緒の馬車に乗せるのは、色んな意味でちょっと……」

「……ああ、すまん」

乗り合い馬車は名前の通り、複数人が相乗《あいの》りする公共の乗り物だ。しかし、巡回の道順が決まっているため、途中下車をしてしまえば次を掴まえるのが難しい。

……クライヴが言ったのは家持ちの馬車のことかもしれないが、それこそありえない。自前の馬車を持っているのは貴族か豪商ぐらいのものだ。

いずれにしても、馬車には御者《ぎょしゃ》という他人が必要だ。姿を見られたくないクライヴのことを考えれば、馬を駆るのが賢明だろう。

「しかし、意外だな。お前馬に乗れたのか」

「必要に迫られて覚えたんですよ。徒歩では翌日の授業に間に合わなかったもので」

店主が連れてきた馴染《なじ》みの馬を見ると、シャーロットに対して、すでに呆《あき》れ気味の顔をしている。もう一頭は初めて会う鹿毛《かげ》の馬だ。体は大きいが、要望通りの気性《きしょう》なのだろう。穏やかな表情で二人を見つめている。

「クライヴ様の方こそ、馬には乗れますか？」

「馬鹿にしてるのか？　馬ぐらい乗れて当ぜ――」

店主から手綱《たづな》を受け取ろうとしたクライヴの手が、言いかけてふと止まる。

フードに隠れているが、恐らくシャーロットの方を向いたままで。

「な、なんです？」

「いや――店主、すまないが注文を変更したい。軍馬とまでは言わないが、二人乗りができる馬を貸してもらえないか？」

「は!?」

突然の変更にシャーロットから間抜けな声が上がる。

店主の方も少し驚いたが、何かを察したのかニヤッと口角を上げて答えた。

「そいつは元軍の輸送用の馬だ。気性が合わなくてうちで引き取ったが、アンタら二人ぐらい乗っても何てことはねえよ」

「ではこちらの一頭をお借りする。すまないな、料金には色をつけておこう」

「はい、毎度！」

「ちょっと勝手に……クライヴ様、馬に乗れないんですか？」

一人置いてきぼりのシャーロットを無視したまま、いつの間にかやり取りは終わっており、店主はいつもの馬の方を引いて下がって行ってしまう。

「おい、前に乗れ」

「だから、なんなんですかもう！」

クライヴもクライヴでひょいと馬に跨《また》がると、己の前を空けてシャーロットを促《うなが》す。彼が後方ということは、当然馬にも乗れるということだ。

「なんでわざわざ相乗りしなきゃならないんですか……」

「……えっと、ほら、風避《よ》けだ。フードが落ちたら困るからな！」

「身長差を考えて下さい。私がいたって意味ありませんよ」

不満を体で訴《うった》えるべく、慣れた仕草で跨ったシャーロットは、そのまま背後のクライヴにもたれかかる。

ぼすんと鈍《にぶ》い音がしたが、後頭部を支えたのは彼の胸か肩あたり。フードから覗《のぞ》く顎《あご》は、シャーロットの頭の上に見えた。

「ほら、なんの壁にもならない」

「ん、んんっ！　まあ、そうだな！　……でもいいんだよ、これで」

「……まあ、貴方がいいなら構いませんが」

これでも一応は雇い主と助手だ。彼がいいと言うのであれば、そこは従うべきだろう。

「髪がくすぐったいから、このまま俺にくっついていろ」

「はいはい、仰《おお》せのままに」

体を少し起こすと、シャーロットの腹部にクライヴの左手がまわされる。右手はしっかりと手綱を握っており、その慣れた様子に馬もゆったりと歩き始めた。

「………男が連れていくもんだろ、こういうのは」

前に座ったシャーロットには見えなかったが、耳まで赤く染めたクライヴは、どこか嬉《うれ》しそうに笑っていた。

シャーロットにとっては久しぶりの、クライヴにとっては初めての、猫神へ続く街道を一頭だけの馬が駆けて行く。

日差しは温かく風も心地よい。薄暗い研究室に慣れてはきたが、やはり日の下に出るのは人間に必要なことなのだろう。

カビかキノコでも生えていそうな外見だったクライヴも、気持ち良さそうに鼻歌を口ずさんでいる。フードは髪留めで固定したらしく、猫耳が見えないのは残念だが。

（……それにしても）

ふと目を閉じれば、馬の蹄音《ていおん》とは違う、けれど軽快な音が背中ごしに伝わってくる。

猫たちとは調子の違う、自分のものに似ているが別人の――鼓動。

（誰かの鼓動をこんなに近くで聞いたの、どれだけぶりだったかしら）

多分、他人がこんなに近くにいるのも、もう何年もなかったことだ。背中がすっぽり温かいなんて経験も記憶にない。

可愛《かわい》い可愛い猫たちは、いつだってシャーロットが抱きしめる側だったから。

「おい、寝るなよ？　帰りは寝ても構わないが、行きは道がわからん」

「起きてますよ。ただ、クライヴ様って意外としっかりした体だったんだなーと思って」

「なっ!?」

途端《とたん》に、伝わってくる鼓動が速度を上げた。あまりにわかりやすい反応に、つい笑いがこぼれてしまう。

「……馬鹿にしてるのか、お前は」

「してませんよ。魔術師って貧弱というかモヤシの印象が強くて。クライヴ様は特に引き篭もりだから、もっと細いと思っていたんです」

拗《す》ねたような低い問いかけに、慌《あわ》てて訂正を返す。

半年も引き篭もっていたのなら、ガリガリに痩《や》せてしまうか運動不足で太ってしまうかの二択が普通だろう。

しかし、今シャーロットがもたれかかるそこはしっかりと硬い感触で、骨でも脂肪でもないことがわかる。詳しくはないが、多分筋肉の感触だ。

満足げに後頭部を寄せるシャーロットに、対したクライヴは不満そうに息を吐く。

「あのな、王宮魔術師は軍属だぞ？　今は平和だから研究機関として動いているが、有事の際は俺たちも戦場へ駆り出される立場だ。いくら引き篭もりだからって——いや、引き篭もりだからこそ、体が鈍《なま》るような生活はしていない。どんなに忙しくても、基礎訓練は日課だ」

「嘘っ!?　あんな仕事ざんまいの生活をしてるのに、体も鍛《きた》えていたんですか!?　い、いつの間にそんなことを……」

驚きの事実にシャーロットの口から悲鳴のような声が出る。

確かに、以前食堂で会った男も傭兵《ようへい》じみた見てくれをしていたが……あの膨大な仕事をこなしながら訓練していたとなれば、本当にクライヴはいつ寝ているのか。

「まあ、人に見られるわけにはいかないから、夜にあの棟一角でできる範囲しかやってないけどな。本当は剣を持てると良かったんだが……」

「それでも十分ですよ。……はっ！　まさか、この私の〝背もたれ〟は、腹筋ばっきばきに割れていたりするのですか!?」

「ばきばきかどうか知らんが、腹の筋肉は割れているものだろう、普通」

「普通じゃないですよ!?」

思わず後頭部をぐりぐりと押し付けてみるが、当然のようにクライヴはびくともしない。

昨夜シャーロットが倒れる彼を支えられなかったのも道理《どうり》だ。ローブの下は痩せていると思っていたのに、重たい筋肉がつまっていたのだから。

「……クライヴ様って、本っ当に色々と規格外ですね」

「その台詞《せりふ》、お前にだけは言われたくないな」

呆然《ぼうぜん》と〝背もたれ〟を振り返るシャーロットに、頭上から軽い笑い声が落ちる。

整った顔立ちで、機関でも屈指の『白の魔術師』というだけでも超優良物件なのに、背が高くて脚も長くて、さらに体も鍛えているとは。

（非の打ち所がないって、こういう人のことを言うんだわ。これはモテて当然よ）

おまけに、彼は人間嫌いのシャーロットから見てもお人よしだ。欠点なんて、部屋が汚かったことぐらいしか思いつかない。

「……なんだよ、急に黙って」

「いえ、物語の王子様も真っ青な貴方が、どうして独身だったのかと」

「仕事が恋人だったんだよ。悪いかちくしょう！」

思わず真面目な声で問いかけたシャーロットに、返されるクライヴの答えは妙に重い。彼の生活を見ていれば納得の話だが、もしかして気にしていたのだろうか。

「適当に見繕って結婚しちゃえばよかったのに。どうせより取り見取りでしょう？」

「俺が結婚してなかったからこそ、今お前が助手としてここにいるんだ。それでいいだろ？」

「……それもそうですね」

シャーロットが目を閉じれば、背中に伝わる鼓動はやはり少し速い。腰にまわった左手は、抗議するように制服を掴んでいる。

「——多分、運命だったんだよ。俺とお前がこうなるのは」

「だったらすごいですね。その猫耳も、しっぽも、私が助手にきたことも運命なら」

「…………耳としっぽは余計だ」

猫たちは不在だが、二人だけの時間は思ったよりも楽しく過ぎていく。

また速度を上げた鼓動と馬蹄《ばてい》の音を聞きながら、シャーロットはこっそりと笑った。

＊　＊　＊

それから、小一時間ほど馬を走らせた頃だろうか。

「ここです、止めて下さい」

「…………は？」

手綱を掴んで制止したシャーロットに、クライヴは困惑の声を上げる。

そこは中途半端な道の途中。前後の街道以外には、荒野が広がるばかりだ。

「おい、猫神の祠へ案内してくれるんじゃなかったのか？」

「ですから、ここです。我が主の祠」

馬を跳び降りたシャーロットが向かって行く先にも、それらしいものは見えない。乾燥した地面と伸び放題の雑草と――いびつな瓦礫《がれき》の山。

「……おい嘘だろ？　まさか、それが祠だとでもいうのか？」

「うう、相変わらずお労《いたわ》しい姿です、我が主……！」

真剣な顔でシャーロットが跪《ひざまず》くのは、もちろんその山の前。一連の動きを見守っていたクライヴも、膝から静かに崩れ落ちた。

「……冗談だろ？　俺は、こんな瓦礫の山に呪われてたっていうのか……？　半年もずっと、王宮魔術師が、瓦礫に!?」

「瓦礫瓦礫と連呼しないで下さい!!　我が主に失礼でしょう!!」

「そうは言うが、ゴミ山には変わらないだろう」

「ゴミ部屋に住んでたくせに、なんてことを!! 怒りを買っている自覚はあるんですか!?」

土下座するように頭を下げるシャーロットに、はっと気付いたクライヴも慌てて続く。

しかし、表情は不満を隠せておらず、瓦礫とシャーロットを交互に確認している。

「……全く身に覚えがないんだが、本当にこれが猫神の祠なのか？ この壊れ具合もおかしいが、猫の要素だってどこにも見当たらないぞ」

「猫神様を祀《まつ》る場所は、ここ以外にはありません。以前はもう少しちゃんとした祠だったんです。猫の要素もありました」

シャーロットの細い指が、崩れた石を撫《な》でる。かつて猫の形をした像であったそれは、今はもう見る影もない。

「半年前のあの大嵐が、ここをめちゃくちゃにしてしまったから」

「————………え？」

そう、祠が壊れたのは、奇《く》しくもクライヴの呪いが始まったのと同じ頃だ。そう考えると、やはり呪いと無関係ではないのかもしれない。

嵐にまつわる何事かが猫神を怒らせ、クライヴに猫耳としっぽを生やした。

だが、天災と王宮魔術師の彼とに、なんの関係を見出《みいだ》せばよいものか。

「……クライヴ様？」

ふと、静かになったクライヴを振り返れば、彼は膝をついたまま、真っ青な顔で瓦礫を見つめていた。何か見えるのかと確かめるが、シャーロットには崩れた祠しか見えない。

「クライヴ様？　大丈夫ですか？」

「………………あ」

再度呼びかけると、ようやく碧色《へきしょく》の目がシャーロットに気付く。

しかし、すぐに逸《そ》らして立ち上がると、きょろきょろと何かを探すように歩き始めた。

「ちょっと、どうしたんですか⁉　この辺りには、他には何もありませんよ？」

「いや、ある……ここからもう少し馬を走らせた先に、小さな集落があるはずだ」

「集落、ですか？」

シャーロットは目を閉じて、かつてここへ来るために覚えた地図を思い浮かべる。確かにこの先に、小さな村の表記があった。ここから馬で一時間強といった辺りか。

「行ったことはありませんが、地図には載っていたと思います。そこが何か？　まさか、猫神様を崇《あが》める教団でもあるんですか？」

「そんなものはなかったし、信者はお前ぐらいだろうが……俺が怒りを買った原因は、わかったかもしれない」

「本当ですか⁉」

早速の原因解明にシャーロットは目を瞬《しばたた》かせる。が、クライヴの表情はどんどん暗くなっていき、ついにはぺたりと地面に座り込んでしまった。

「え、ど、どうしたんですか？　猫用カリカリご飯しかないですが、これ食べます？」

「なんで猫餌を常備してるんだよ！　……そうじゃなくて。あの時のことが原因なら、不可抗力なんだ。俺は誰かを害するつもりなんてなかった」

「クライヴ様？」

震えるクライヴは怒っているようにも困っているようにも見える。額《ひたい》からかきあげた手が、ぐしゃりとフードを掴みつぶした。

「……聞いてもらえるか？　お前にとっては、腹立たしい話かもしれないが」

「ここまで来て聞かないとでも？　教えて下さい、クライヴ様」

どこか弱々しいクライヴに苦笑を返しながら、シャーロットも彼の隣に腰を下ろす。

こうして目線の高さを下げると、瓦礫の山もなかなか壮観だ。

見上げたそれを悲しむようにまぶたを伏せて、クライヴはぽつりぽつりと話し始める。

「——半年前のあの嵐の日、俺は遠出《とおで》をした帰りだった」

シャーロットも聞いた通り、かつてのクライヴは外での仕事を主に引き受けていた。

結界の修繕から魔術付加の作業、講義やら戦闘やら内容は多岐《たき》に渡るが、王宮魔術師として乞われたならば、国内のあちこちへ行っていたらしい。

あの嵐の日も地方へ出張に行った帰りで、激しい雨風に曝《さら》されながら王都を目指して馬を走らせていた。

馬車も出せないほどの悪天候。本来ならば嵐が落ち着くのを待つところだが、ちょうど急ぎの仕事が重なっていたため、クライヴは無理をしてでもその日の内に帰りたかった。

しかし、鍛えられた軍馬をもってしても越えられないほど嵐は強く、結局この近くの集落で一夜宿を借りることになってしまった。

「本当に小さな集落でな。俺のように緊急事態になって、ようやく誰かが立ち寄るような場所だ。宿といってもほとんど民家だったし、住人も年配の者ばかりだった」

住人たちはクライヴを労《いた》わり、快《こころよ》く受け入れてくれた。

その心遣いはありがたかったが、年配者ばかりで暮らす小さな場所だ。建物はあちこち老朽《ろうきゅう》化が進んでおり、災害の対策もろくにとれていない状況だったという。

「頼んだ身で申し訳ないが、とても一晩無事に過ごせるとは思えなかったんだ。寝る場所以外は雨漏《あまも》りがすごかったし、板を打ち付けて無理矢理塞《ふさ》いでいる感じでな」

「あー……想像はつきます。あの嵐をそれで凌《しの》ぐのは無理ですね」

苦々《にがにが》しい口調のクライヴにシャーロットも頷《うなず》いて返す。

当時学院生だったシャーロットは寮で待機をしていたのだが、堅固《けんこ》な結界に守られた学院施設でさえ一晩中雨風に揺れていたのだ。

過ぎ去った後も庭木が倒れたり人工池があふれたりと酷《ひど》い有様で、王都内でも人・物共に多くの被害が出たと聞いている。

「とはいえ、あの集落が無ければ俺も馬も無事ではすまなかった。せめてもの礼にと思って、そこを守る魔術を使ったんだよ」

「ふむ」

「建物を中心に結界を張って、もう一つ《被害を逸らす》魔術をな」

「――――……ふむ？」

あまり聞かない魔術の名前が出て、シャーロットはその効果を考える。

名前通りなら回避系の魔術と呼べばいいのだろうか？　ただ、『打ち消す』ではなく『逸らす』であるところが気になるが。

「お前顔によく出るな。想像している通り、対象から逸らすだけの魔術だ。もっと適切なものもあったかもしれないが、疲労していた上に、結界に魔力を使いすぎてしまってな。結果だけ言うなら、集落は無事に嵐を乗り切った」

「さすがクライヴ様。一人で天災を凌ぐとか、人間卒業してますね！」

「褒められてる気が全くしないな！　まあ、狭い集落だったしな。住人にはすごく感謝されたし怪我《けが》人も出なかった。いいことしたなーという美しい思い出だったんだよ」

「聞いてるこちらとしても、いい話でしたよ？」

嵐の裏側であった、ある集落の人助け。聞く限りでは民話短編集にでも載っていそうな、めでたしめでたしの思い出話だ。

こてんと首をかしげるシャーロットに、何故か恐々《きょうきょう》とした表情でクライヴが続ける。

「……もう一度言うが、俺が使った魔術は《被害を逸らす》だ。対象は無事に守られたが――〝逸らされた害〟はどこへ行くと思う？」

「…………あ」

彼の重い問いかけに、シャーロットも気付いてしまった。

逸らしただけなら、それは完全に無くなったわけではない。それこそ、広範囲で暴れる嵐を無くすなど、人の範疇《はんちゅう》を超えた話だろう。

となれば、当然その害は別のところへ飛んでいっただけであって――。

「ここから集落までの距離を思い出せ。俺が逸らした害が飛んでいくとしたら、間違いなくその範囲内だ。――多分この祠は、集落の身代わりになった」

「貴方が壊したんですかあああッッ!?」

衝撃の事実に、穏やかな空気は一変して修羅場《しゅらば》と化した。

鈍い音を立てて、シャーロット渾身《こんしん》の拳《こぶし》がクライヴの鳩尾《みぞおち》に食い込む。

「うぐっ⁉」

しかしそこは自称割れた腹筋の持ち主。鍛えられた体は、細い拳を難なく受け止める。

が、絶望に染まったその表情に、精神的な何かの方が削れたようだ。

「ああああああああっ‼　なんてっ！　なんて罰当たりなことを‼　クライヴ様の馬鹿！

そりゃ呪われますよ‼　怒りますよ‼」

「……デスヨネ」

「ああ、申し訳ございません我が主‼　まだ短期間とはいえ、私は貴方を害した罪人を師と
敬《うやま》ってしまいました……なんとお詫《わ》びしたらよいか……もはや、死をもって償《つぐな》うしか」

「落ち着け狂信者‼　お前は何も知らなかっただろう⁉　自害なんかさせないからな⁉」

「じゃあ、貴方を殺して私も死にます‼」

「真顔で言うな‼」

悲鳴のような怒声を上げるシャーロットと、それをなんとか取り押さえるクライヴ。

痴話喧嘩《ちわげんか》と揶揄《やゆ》するには殺伐《さつばつ》としすぎた状況に、大人《おとな》しい気性の馬も引いてしまっている。

乾いた地面に座ったまま怒鳴り合いは続き、何度目かのやり取りでシャーロットはとうとう
泣きだしてしまった。

「おい待て待て……な、なんでお前が泣くんだ⁉」

「だって……私、貴方のことは信じたかったのに……尊敬してたのに！　クライヴ様は、私た

ちの敵だったんですね……っ！」

「勝手に敵対すんな誰だよ私たちって!!　いいか、俺だって猫は好きなんだ。使い魔も猫だろう？　猫の神とだって、和解できるはずだ！」

「でも、壊したのは貴方です……こんな酷い、瓦礫に……ッ！」

「だから不可抗力だ!!　俺の意思で瓦礫にしたわけじゃない！　なあ、頼むから泣き止んでくれ。お前に泣かれると、どうしたらいいかわからん……」

瞳が溶けそうなほど大粒の涙をこぼすシャーロットに、ぎこちないクライヴの手が触れる。気丈な助手も、こうなってしまえばただのか弱い女性にしか見えない。

「あー…………ほら、猫耳だぞ。触れ触れ」

「うぅっ……猫……猫は、いい子」

最終手段として、クライヴは周囲を確認した上で、髪留めとフードを取った。

途端にぴょこんと立つ三角耳に、シャーロットは赤子のように反応して手を伸ばす。

「猫神様、ごめんなさい……ごめんなさい……だからこのお耳、私にも下さい……」

「おい、本音が出てるぞ猫狂い」

優しすぎるほどの手つきで猫耳を撫で始めたシャーロットに、くすぐったさを堪《こら》えながらクライヴは俯《うつむ》く。本人の方の耳が赤く染まっていることは、きっとシャーロットは気付いていないだろう。

静けさが戻った瓦礫の前。結局助手の涙が落ち着くまで、お人よしの魔術師は猫耳を撫でられ続けていたのだった。


「……………………いやあ、取り乱してすみませんでした」

「……ああ、俺も悪かったな」

それから十数分後。地面に膝を抱《かか》えて座っていた二人は、ようやく冷静さを取り戻した。大の大人が荒野で泣きながら喧嘩など、端《はた》から見たら弁明しようのない異様な光景である。ここが人通りのない道外れで本当に助かった。

「……まあ、原因が掴めたのは大収穫だ。猫神が怒っているのは、俺の魔術のせいで祠が倒壊《とうかい》したから、で間違いないだろう」

「そうですね。クライヴ様は使い魔たちも大事にしていたみたいですし、他に猫を虐《しいた》げていないのなら、原因はそれでしょう」

考えを確認した二人は、改めて頷き合う。もっとも、嵐がくる以前から祠は廃《すた》れていたし、クライヴの魔術がなかったとしても、無事であったとは思えないが。

可能性を明確な結果にしたせいで、怒りが彼へ集中してしまったのだろう。

「なら、解決策も簡単だな」

パンと脚を叩《たた》いて、クライヴが立ち上がる。

フードを外したおかげで、整った容貌《ようぼう》が広い青空に映《は》える。意思の強い碧眼《へきがん》は、睨《にら》むように瓦礫を見つめている。

「新しい祠を建てて、猫神の場を整えよう。前よりもずっと立派なやつをな！」

「――――ッ‼」

クライヴのハッキリとした宣言に、シャーロットの胸が高鳴った。

だってそれは、シャーロットの目標だ。そのための高給職、そのために助手になった。

しかし、目標額は果てしなく遠い。実現にはまだしばらくの年月を要するはずだった。

「で、できるんですか？　いくら信者がいなくても、神様を祀るものです。資材も技術費も、普通の家を建てる時とは違うんですよ？」

逸《はや》る胸を押さえながら問いかける。けれど、クライヴは薄い唇に弧《こ》を描《えが》いて答えた。

「俺を誰だと思っているんだ？　建築系の技術者に当てはあるし、仕事ざんまいで給金は貯《た》めっぱなしだ。何より、それでこの呪いが解けるなら、なんだってするに決まってるだろう」

（ああ、神様……！）

まさかこんなに早く、念願が叶《かな》ってしまうなんて。

やはりあの時、彼を師として選び、食い下がった自分は間違っていなかったのだ。

「猫神の司祭はさすがにいないよな……なんならお前がやって……って、なんだよ⁉　なんでまた泣いてるんだ⁉」

解決に向けて元気を取り戻したはずのクライヴが、隣を見て肩を震え上がらせる。落ち着いたはずのシャーロットは、またボロボロと大粒の涙を浮かべて泣いていた。

「す、すみません。こんなに早く祠を建て直すことができるなんて、思ってもみなかったから。嬉しくて、つい……」

「ある意味自作自演なんだけどな。ああもう、ほら、泣かないでくれ！」

「大丈夫ですよ」

目に見えてうろたえながらも、なんとか手を差し出すクライヴにその手を握って返す。

感情に合わせて凹《へこ》んだ猫耳も、きっともう少ししたら見られなくなってしまうのだろう。

「……待っていて下さいね、我が主。きっと素晴らしい祠が建ちますからね」

「ああ、これで怒りが鎮《しず》まるのなら、金に糸目をつけない。最高の祠を建ててやるさ！ 善は急げだ、早速依頼をしに帰るぞ」

「はい！」

繋いだままの手に引き起こされて、シャーロットは深く一礼した後に瓦礫の祠を後にする。

次に来る時は、きっと瓦礫ではなく新しい祠が建っているだろう。期待に胸を弾《はず》ませながら、行きと同様に馬の背に跳び乗る。

そんなシャーロットを一歩下がった位置から眺めていたクライヴは、どこか安堵《あんど》した表情を浮かべながら、ぐっとフードをかぶり直した。

「そうだ、クライヴ様。少しだけ街に寄り道できませんか？　お嬢様と坊ちゃんにお土産《みやげ》を買って帰りたいのですが」

再び相乗りになった馬の上。心地よい風に目を細めていたシャーロットは、ふと背後を振り返りながら尋《たず》ねる。

「お嬢……？　ああ、もしかして使い魔たちのことか？」

「そうですそうです。できればお魚とか買っていってあげたくて。高いご飯でも、毎日同じようなものじゃ飽《あ》きるでしょうし」

「そうだな、引き篭もりを始めてから、あいつらの食生活も気遣う余裕がなかったからな。猫神の件もあるし、いくらか見繕って帰るか」

「ありがとうございます！　お留守番のご褒美、何がいいかしら……」

了承されれば、まるで自分のことのように喜ぶシャーロットに、フードの陰《かげ》でクライヴも微笑《ほほえ》む。猫餌といえば大半が日持ちする乾燥餌だが、シャーロットが面倒をみる今なら生餌を買っていっても大丈夫だろう。

クライヴの財布には今日もなかなかの金額がつまっており、相談しながらの思案も楽しい作業だ。祠の費用もあるので無駄づかいはできないが。

「――なあ、教えてやろうか？　あいつらの名前」

だからこそ、急に尋ねられた真剣な声に、シャーロットは一瞬その意図がわからなかった。

「え？」

「名前……あの二匹の、ですよね？」

「そうだ」

話の流れでいえば、もちろん他はありえないのだが。だからこそ、肯定されたシャーロットは困惑した。

シャーロットとて、別に好きでお嬢様、坊ちゃんと呼んでいるわけではない。使い魔の名前は普通の動物とは違う。彼らの名前は〝契約そのもの〟なのだ。

それを呼ぶことが許されるのは、契約主とそれに連なる者だけ。呼ぶ行為そのものが〝服従〟に繋がる名を、そう易々《やすやす》と他人に教えていいわけがない。

「……私を試していらっしゃる？」

「そんなつもりはない。ただ、お前があいつらに害を及ぼすことはないだろう？」

「あるわけないでしょう！　むしろ、可愛いあの子たちに危害を加える馬鹿者がいるのなら、それを排除するのが私の務めです！」

鼻息荒く否定をすれば、背後からは押し殺したような笑い声が聞こえる。いや、伝わってくるというのが正しいか。

片手は手綱を、片手はシャーロットを支えたままなのに器用なものだ。

「……クライヴ様、期間限定の助手だと貴方が言ったんですよ？　そんな者に大事な使い魔の名前を教えるなんて、警戒心が足りなさすぎませんか」

「かもな。ようやく解呪《かいじゅ》の糸口が掴めたから、気が昂《たかぶ》っているんだろうよ」

「意外と自己診断は冷静ですね」

呆れた声で返せば、また背後から振動が伝わってくる。

まあ、気分が昂っているのはシャーロットも同じだ。念願成就《じょうじゅ》に、今も心臓が早鐘《はやがね》を打っている。喜ばしいことなら、クライヴもそっとしておこうと決めて……、

「……っ!?」

ふいに頬に触れた感触に肩がはねた。

視線を向ければ、シャーロットの肩に黒い布の塊がある。顎を乗せて、頬同士を擦り寄せるような仕草は、まるで甘える猫のようだ。

「く、くすぐったいです。クライヴ様、ちゃんと前見て下さいよ」

「ん、大丈夫、見えてる」

「ただでさえ視界が狭いのに、見えるわけないでしょう。〝匂い付け〟がしたいなら手綱貸して下さい。運転を代わりますから」

「俺は発情期のオス猫じゃない」

違うと言いつつもシャーロットから離れるつもりはないらしい。馬上の悪ふざけなど命に関

わることもあるのに、気性の穏やかな馬で本当に良かった。

（――猫の真似なんてしなくても、「行くな」と言ってくれればいいのに）

期間限定を望んだのはシャーロットの方ではないのだから。それとも、前言撤回など王宮魔術師の矜持《きょうじ》が許さないのだろうか。

（ああ……いい天気）

見上げた空は高く澄み渡り、映える木々の緑が美しい。

薄暗い研究室とは違う鮮やかな景色を目に焼きつけながらも、それでもあの陰鬱《いんうつ》な部屋を「帰る場所」だと思っている己に苦笑する。細い指が布の塊をそっと撫でた。

伝わる鼓動がどちらも速すぎることになんて、気付かないふりをして。

＊　＊　＊

猫神の祠新設計画は、翌日から早速工事に入った。

王宮魔術師の権力と金にものを言わせたクライヴが、最短で頼むと依頼をしたようだ。突然研究室棟に現れた大所帯《おおじょたい》の建築作業員に、周囲が呆然としたのも無理はない。

もちろん対応したのはシャーロットだ。薄れつつある記憶の中の旧祠を説明すれば、それだけで合点《がてん》がいったらしい。責任者の男は、親指を立てて応えてくれた。

さすが王宮魔術師の中でも指折りの男、ツテまで有能とは恐れ入る。

「これで数日も待てば、あの瓦礫は素晴らしい祠に生まれ変わるはずだ」

相変わらず薄暗い研究室で資料に囲まれたクライヴは、きびきびと手を動かしながら得意げに答える。仕事量は変わらず、むしろ昨日外出していた分が溜まったようだが、表情はいつもよりずっと明るい。

「これが上手《うま》くいったら、貴方のその可愛い猫耳としっぽともお別れになるんですね」

「ああ、やっとだ。長い苦難の日々だった……」

「勿体《もったい》ないですけどね」

ローブの裾《すそ》からはごきげんを表すしっぽがはみ出て揺れているが、気分が先行しているクライヴは気付いていないようだ。茶猫の方が飛びかかろうとウズウズしながら眺めている。

「あー……なんだ、今なら触らせてやってもいいぞ？」

「いえ、お構いなく。本物のお猫様がおりますので」

書類の綴《つづ》り確認をしているシャーロットの膝には、今日も定位置とばかりに黒猫が転がっている。長い体を伸ばしきっており、狩猟《しゅりょう》本能は完全に行方不明だ。

「……そうか、ならいい」

すげなく返されたクライヴは拗《す》ねたように顔を伏せる。揺れていたしっぽも一気に落下したので、思わず笑ってしまった。

「なんだか急に私に懐《なつ》いてくれましたね、クライヴ様」

「猫扱いするな！　ほら、これとこれ。いつもの司書に仲介を頼んであるから、資料室へ届けてきてくれ」

「はいはい、行って参ります」

彼がフードを引き下ろす時は、照れ隠しであることが多い。有能な魔術師だと知っているが、こうして接する限りは年上だけどちょっと可愛い、そんなただの男性に思える。

まどろんでいた黒猫をつついてみれば「おでかけ？」と飛び起きる。今日もシャーロットについて来てくれるようだ。

甘える鳴き声に撫でて返し、一人と一匹は通い慣れた資料室への道のりを行く。

「そうそう、あの人昨日出先《でさき》でね、貴女《あなた》たちの名前を教えようとしてきたのよ？」

「みやっ⁉」

「ご主人様を叱《しか》っておいてね。相手が私じゃなかったら、今頃大変だったかもしれない」

「にゃー！」

賢《かしこ》い黒猫は今日もシャーロットの話に理解を示し、相槌《あいづち》を打つように頭をふる。

可愛い猫たち。忙しいけれど勉強になる職場。そして、変わった雇い主。

（工事が順調に進んで呪いが解ければ、クライヴ様の条件は達成される。祠が建つなら、私の念願も叶う。ここの助手に執着する必要もなくなる）

お金はあるに越したことはないだろうが、職場はここではなくても構わないのだ。もっと祠に近い場所に家を借りて、自分と猫の世話分のお金を稼ぎながら気ままに暮らすというやり方もある。忙しく慌《あわただ》しいここの生活より、よほど健康的だろう。

(辞めたいわけじゃないけど、最終決定を下すのは彼だもの。……次は考えておかないと)

今は好意的なように感じる態度も、元の彼――皆から乞い慕われる『白の魔術師』クライヴ・アーネットに戻れば、雑用助手のシャーロットなど用済みかもしれない。

「……私が、猫以外のものに煩《わずら》わされるなんてね」

苦笑めいた独り言は、窓から差す日の中に溶けていく。

今日も太陽が輝き、外はいい天気だ。クライヴの研究室以外は。

感傷的な気分のままで資料室に入ると、シャーロットを捉《とら》えた司書が驚いた表情で駆け寄ってきた。周囲にはいつかの気弱な魔術師もいるが、彼も同様の顔だ。

「ど、どうしたの助手さん!?　何か困ったことでもあったの!?」

「は？　いえ、特に何も」

「本当？　いつも毅然《きぜん》とした態度の君が、そんな泣きそうな顔をして……」

「……泣きそう？」

馬鹿な、そんなことはありえない。シャーロットは『鉄の魔女』だ。

誰にも靡《なび》かず動じず、友達もいない孤高の優等生。無表情が標準装備で、人間には関心を向けない。そういう女だったはずだ。人間を想って泣くなんて、ありえないはず。

「……なんでもありません。お気遣いありがとうございます。それから、クライヴ様からこれを預かって参りましたので、ご確認をお願いいたします」

「え？　あ、うん。……いつもありがとう」

意識してみれば、口からこぼれるのは抑揚《よくよう》のない言葉の羅列《られつ》。きっと表情もいつも通りに戻ったのだろう。司書はどこか安心したように、他の者たちは怯《おび》えるように視線を逸らす。

そうだ、これこそがシャーロット・ファレルの姿。それで良かった、誰も何もいらなかった。猫さえ傍にいてくれるなら、シャーロットは幸せなはずだ。

きっと今この司書が亡くなってしまっても、無表情でお悔《く》やみを告げられるような女。

――ではもしそれが、クライヴなら？

「――……ッ！」

一瞬想像しただけで、血の気が引くのがわかった。

怖い、悲しいと、確かに胸を締めつける感情があった。

「ちょっと、本当に大丈夫⁉　顔色が悪いよ助手さん！　席は山ほどあるから、休んでいくといい。アーネットさんには、僕が連絡を入れておくから」

「いいえ……本当に大丈夫です。すみません」

また顔に出てしまったようだ。善意の塊のような司書をやんわりと断るが、心臓は激しく脈打ったままだ。

そういえばクライヴが「顔に出やすい」と言っていたか。本来のシャーロットは、きっとそういう人間なのだろう。自分には見えないし、わからないが。

「……ああ、そうだ。もしかしたら、クライヴ様が復帰できるかもしれません。詳しくはまだわかりませんが、状況が好転しつつあると」

「えっ本当⁉　アーネットさん、もう大丈夫なのかい⁉」

状況を誤魔化《ごまか》すために告げてみれば、司書は予想以上に大きく反応を示した。

もともと静かな資料室だ。その声はよく響き、途端に室内が明るい空気で賑わっていく。

「本当によかった！　今回も快気《かいき》祝い、でいいのかな？　皆でいい店を探しておくよ！　また進展したら教えてもらえるかい？」

「え、あ、はい……」

シャーロットへ疑う視線を向けていた者たちさえ、朗報に頬をゆるませ談笑を始めている。

半年も引き篭もっていたのに、クライヴ・アーネットの信頼は厚いようだ。

なんだか居心地が悪くて、気が逸れたのをいいことにシャーロットは資料室から逃げるように出て行く。廊下で待っていた黒猫は、その様子に慌てて駆け寄ってきた。

「……ありがとう、お嬢様。なんでもないの。本当に、なんでもない」

震える手で抱きしめた黒猫は、今日も温かくてやわらかい。その熱に落ち着いていく鼓動とは裏腹に、シャーロットの頭の中は混乱したままだ。

(なんでもないわ。全てが終わるなら、私は元に戻るだけ)

言い聞かせても心が震える。自覚してしまえば、それはもう覆《くつがえ》らない。

──彼が関わった時、もうシャーロットは『鉄の魔女』には戻れない。

「……解呪《かいじゅ》方法が見つかってから、気付くなんてね」

祠の工事はまだ始まったばかりだ。けれど、確実に終わりへと進み始めてしまった。

「…………だから私は、猫だけでよかったのに」

愛《いと》しい毛並みに顔を埋めながら、人に戻った魔女の囁《ささや》きは、明るい日差しの中に溶けていく。

「……にゃあお」

──そんなシャーロットを憂《うれ》うように、どこかで猫が鳴いている。

優しくも冷たいそれは、ほんの一瞬だけ黒猫へ視線を向け、すぐに消えてしまう。

「…………」

賢い使い魔はまぶたを閉じて、後にはただ、静寂だけが残った。

＊　＊　＊

祠の工事は、相変わらず順調なようだった。

日々クライヴの元へ届けられる報告書には進捗《しんちょく》が如実《にょじつ》に記載されており、普通の工事より何倍も早いそれに彼もご満悦だった。

仕事は相変わらず山積みで、毎日睡眠時間は削られっぱなしだ。

それでも期待に胸を躍らせる彼に、シャーロットも精一杯の手伝いを申し出た。

夜間に行っていた怪しげな儀式は止めていたが、その時間を通常業務の手伝いに当てて、シャーロットは彼を支えることに全力を尽くした。これが最後の仕事、とばかりに。

やがて手伝いだけではなく、簡単な調合や翻訳などは丸々任せてもらえるようになり、この期間中でシャーロットの能力はぐっと上がったことだろう。

忙しく慌しい、けれど二人と二匹で過ごせる時間は足早に過ぎ去っていき――。


ある日の早朝、『施工《せこう》が完了した』という通知が届いた。


「――……何故《なぜ》だ」

クライヴの口からこぼれるのは、怨嗟《えんさ》のような低い声。

これまでの数日間がごきげんだっただけに、その落差も激しい。

「クライヴ様……」

猫神の祠は無事に完成した。いつかの建設責任者が「最高の祠を建てたぜ！」と疲労が濃くも満足げな笑顔でシャーロットに伝えてくれた。

……だというのに、クライヴの頭に生えた三角耳は消えなかった。しっぽも同様で、今はだらんと力なくぶら下がっている。

「何故だ、どうして？　あれが原因ではなかったのか？　それなら、猫神は俺の何に怒っているんだ？　いや、そもそも《預言者》が偽者だったのか？　他に、何が……」

「お、落ち着いて下さいクライヴ様。まだ失敗だったとは限りません。時間差で治る可能性もありますよ、きっと」

椅子にもたれ、死体のように四肢《しし》を投げ出すクライヴに、言葉を探しながら近付く。

――本音を言えば、シャーロットも『想定外』以外には何も思い浮かばなかったが、それを今の彼に伝えるのは死刑宣告も同じだ。

何か、もっと慰《なぐさ》められる言葉はないだろうか。思い悩みつつも、彼に手を伸ばして――しかし次の瞬間、彼の上半身が力いっぱいシャーロットにしがみついた。

「やっ⁉　あのっクライヴ様⁉」

「……なあ、俺はずっとこのままなのか？　このまま暗い部屋に引き篭もって、人目を避けて生きるしかないのか？　誰にも会えず、外にも出られず、死ぬまでずっと……」

震える唇から落ちるのは、シャーロットの知る彼とは思えない弱々しい嘆きだった。

きっとずっと我慢していたのだろう。漫才のようなツッコミ合いをしながらも、心の中では恐怖に震えていたのかもしれない。

「ち、違います……きっと、治って……」

「……お前はどこにも行かないよな？　猫が好きなんだろ？　猫耳としっぽがある俺は、他の男よりずっと魅力的だろう？」

「クライヴ様？　何を言って……」

しがみつく腕に力が篭もって、シャーロットの制服が軋《きし》んだ音を立てる。

「……行かないでくれ。俺を一人にしないでくれ。お前までいなくなったら、耐えられない。俺は本当に一人で、呪われたままずっと……」

弱々しい懇願が、シャーロットの背すじを甘く痺《しび》れさせる。

期待が砕《くだ》かれたクライヴは今弱りきっている。ここにつけこめば、彼の言う通りシャーロットが唯一無二の存在になれるだろう。

今まで通り、シャーロットと猫たちだけの研究室。別れることも離れることもなく、きっと彼が壊れて死んでしまうまで、ずっと——。

「————ちがう」

フードの外れた彼の頬に両手をそえる。連日の激務で肌は荒れ、やつれてしまっているが、それでも整った男性の顔。擦り寄ってくる頬を避けて、

「いったあッツ!?」

バチンと、扉の外に響くほどの音を立てて、両頬を挟み叩いた。

慌てて彼が腕を放した隙《すき》に、今度はシャーロット自身の頬も掴んで、同じように叩く。

二度続いた大きな打撃音に、使い魔たちは寄りそって震え上がった。

「……い、痛い」

「当たり前だ馬鹿女！　少しは手加減しろよ!?」

「加減したら意味がないでしょう？　落ち着きましたか、クライヴ様」

「…………ッ！」

赤く頬を腫《は》らせたまま、ついでに椅子から落ちたクライヴは、ぽかんとシャーロットを見つめる。こちらの頬も真っ赤だが、なんだか今は上手く笑えたような気がした。

「しっかりしなさい！　貴方は皆が憧れる王宮魔術師……白の魔術師クライヴ・アーネットでしょう？　こんなふざけた呪いに屈してどうするんですか！」

「……だが、今回はかなり信憑性《しんぴょうせい》も高かった。これで駄目なら、他にどうしたらいいのか」

「はいはい、まだ湿《しめ》っぽいことを言うなら、口に猫用煮干しつめますからね！　猫神様の祠は、これから私が確認しに行ってきます。何か足りないものがあったのかもしれないし、それこそ時間差で解けるかもしれない。諦めるのは早いです」

「だ、だが……」

「あーもううっさい!!　寝不足を引きずってるから、考えが後ろ向きになるんです。私が出かけている間は寝てなさい！　二人とも、この人を布団《ふとん》から出さないように協力して!!」

「ニャー!!」

たじろぐクライヴを無視して声をかければ、使い魔たちから心強い返事が聞こえる。

勢いのままに座り込む彼を引き起こすと、部屋の奥の仮眠ベッドへと放り投げた。鈍い音がしたが、彼の鍛えた体なら痛みもしないだろう。

使い魔たちは宣言通り、上に乗ったり腕に噛みついたりして、起き上がりを抑止《よくし》している。

「……貴方は、私が独り占《じ》めするには勿体ない人です。もしそれでも私を口説いてくれるなら、もっと力強くお願いします。私の好みは、ネコ科の肉食男子ですよ」

「……覚えておく」

極力軽い口調で窘めれば、泣きそうな笑みを浮かべて、クライヴは目を閉じた。連日連夜仕事続きだったのだ、放っておいてもこのまま眠ってくれるだろう。

猫たちにだけ出かける合図を送り、シャーロットは静かに扉を閉じた。

「…………勿体なかった、かな」

扉を背に呟《つぶや》くそれは、誰にも届かないからこその本音だ。

あのまま了承してしまえば、クライヴが手に入ったかもしれない。けれど、きっといつか、お互いに後悔する日がきてしまうのだ。

第一、たった一発叩いただけで正気に戻った彼だ。依存はそう長くもたなかっただろうし、何より、あんな風に凹んだ彼を見たかったわけでもない。

「とにかく、今は我が主の祠を確かめないと。忙しくて現場を見に行けなかったし、すごく気になる」

頭をふって、薄暗い廊下を見据える。今日は曇っているのか空気もどこか重苦しいが、それを払うようにシャーロットは足を踏み出した。

（うわ、本当に空が曇ってるわ）

クライヴの研究室棟を出て、見慣れた石造りの渡り廊下までやってきたが、珍しく空の明るさがここでもあまり変わらなかった。

太陽はお休みのようで、いつも庭で戯《たわむ》れている小鳥たちも今日は一羽もいないようだ。

辺りに人通りはなく、不思議なほど静まり返っている。いくら就業中とはいえ、普段はもう少し人の気配がするはずなのだが。

（これから馬に乗るのに、雨が降らないといいんだけど）

気味の悪いものを感じつつ、足早に通りすぎようとしたところで、ようやくシャーロットの視界に人影が映りこんだ。

……ただし、あまり好ましい人物ではなかったが。

「……ノーフォーク様」

「やあ、ファレル君か。またお使いかい？」

久しぶりに会ったデリック・ノーフォークは、シャーロットの姿を見つけると穏やかに微笑んだ。相変わらず上等な装いに、波打つ茶髪がサラリと流れる。

……しかし、今日の彼の顔には、心なしか暗いものがかかっているように見えた。

「……お疲れですか？」

「ああ、ちょっと寝不足なだけだよ。大丈夫。君は変わりないかい？」

「はい、おかげ様で」

図書館へ行った日以降会っていなかったが、彼は彼で忙しく過ごしているのだろう。

邪魔をしても悪いと思い、頭を下げてから通りすぎようとするが――、

「――ねえ、ファレル君。本当に変わりはないいんだね？」

「はい？」

彼の声が再び背にかかり、渋々《しぶしぶ》ながらも振り返る。

穏やかな目つき、唇も弧を作っている。なのに、それは今まで見てきた彼らしくない、どこかいびつな笑い方だ。

「な、何も変わりませんよ？　なんですか、急に」

「ならいいんだ。僕は君を待っているから。気が変わったらいつでもおいで」

笑った、いや〝嗤《わら》った〟と表現するのが相応《ふさわ》しい唇から、おかしな言葉がこぼれた。普通に話をしていただけなのに、いつの間にかシャーロットの肌が粟立《あわだ》っている。

（なんなのこの人。今日はなんだか、気味が悪い）

――ふと、誘われるように空を見上げると、灰色の中を真っ黒な鳥が一羽飛んでいる。

おそらくカラスだろう。鳥の中でも賢いその種は、使い魔の代表的な存在だ。今頭上にいる一羽も、デリックの使い魔なのかもしれない。

「……早く行こう」

誰にかけるともなく呟いて、シャーロットは今度こそ出口へ走り出す。

背中に感じた湿った視線は、機関の建物を出るまでずっとつきまとっていた。

それから、慣れ親しんだ貸し馬屋でからかわれつつも馬を借り、走らせること一時間ほど。

「……わあ、すごい」

たどり着いた荒野には、そこに似つかわしくないほど立派な祠が建っていた。

雨避けを備えた囲いは大理石と鉄の重厚な造りで、柵にはあちこちに猫の意匠《いしょう》が見られる。

内部には精巧な造りの猫の像が祀られており、華美ではないが細やかな彫り物や寄木《よりき》細工に守られている。

ご丁寧《ていねい》に魔術師専用の宝石が埋め込まれていたので、できるだけ強力な結界魔術を込めてお

いた。これでしばらくは雨風で傷《いた》むこともないだろう。

「こんな素敵な祠を建ててもらえるなんて、夢みたいだわ」

行きがけに買ってきた花と魚とついでにカリカリを供《そな》えて、シャーロットは祠の前に跪く。

こんな荒地であるのに、満ちる空気はとても清涼で心地よい。これならば、神を祀る場所として相応しいだろう。

「だったら、何故クライヴ様の呪いは解けていないのでしょう？　我が主、愛しい猫神様……貴方様は何にお怒りなのですか？」

問うたところで返事があるわけがない。しかし、人を呪うような神の祠が、清らかな空気を漂《ただよ》わせたりするだろうか。

建設に関わった人々にも、怪我人などは出なかったらしい。世間によく聞く〝いわくつき〟とは、決して同じではないはずだ。

「……どうか、あの人の呪いが早く解けますように。見守っていて下さいませ、私の神様」

地につくほど深く深く頭を下げて、シャーロットは祈り願う。

クライヴのあんな憔悴《しょうすい》した姿を、もう見なくて済みますように。

「……にゃあ」

「えっ？」

――ふと、鳴き声が耳をかすめて、シャーロットは慌てて振り返る。

しかし、どこにも猫の姿はなく、目の端に映ったのはかすかな白い影。

「……気のせい、かしら？」

果たして、猫狂いの己が聞き間違えたりするだろうか。不審に感じつつも、立ち上がったシャーロットはもう一度一礼し、祠を後にする。

やわらかで、清らかなその空気を、華奢《きゃしゃ》な体に巻きつけながら。

＊　＊　＊

――幼《おさな》い少女が走っている。

まだ小さな足を懸命に動かしながら、その顔には満面の笑みを浮かべて。

「ねえねえ、きいてきいて？」

今日はとてもいいことがあったの。

幸せいっぱいに語るその内容は、大人にとっては他愛無《たわいな》いものだろう。

しかし、毎日が新発見に満ちている少女にとって、それは誰かに教えてあげなければいけない、とてもとても大切なことだった。

「ごめんな、シャーロット。今兄さんを叱っている最中なんだ。後でもいいかい？」

穏やかな笑みを浮かべる父は、そう言って兄の方へ行ってしまった。

「ごめんね、シャーロット。『　』ちゃんがまた熱を出しちゃって。後でもいいかしら？」

申し訳なさそうに苦笑しながら、そう言った母は妹の方へ行ってしまった。

「ねえねえ、きいてきいて？」

「みゃあお」

近所の野良猫たちは、我先にと少女の元に駆け寄ってきてくれた。

少女が持ってくる餌が目当てなのは間違いなかったが、それでも、舌っ足らずの少女の話が終わるまで、猫たちはずっとずっと傍にいてくれた。

いいことがあったら、猫にお話ししよう。だって猫は、私の話を聞いてくれる。

幼い少女がそう覚えるのはすぐだった。

そうして、猫と戯れる少女を、『手のかからない良い子』と両親が覚えるのもすぐだった。

〝あの子は猫がいれば大丈夫〟だから、『後で』はいつまで経っても訪れることはない。

やがて、成長した少女は家を出て行く。言葉一つかけぬまま、何一つ形跡を残さぬまま。

「お世話になりました」

去り行く背が振り返ることはなく、少女が二度とその家に帰ることもない。

「ファレルさんも猫が好きなの？」

学院で見つけた新たな猫たちと戯れていたら、同じ年頃の女子生徒が話しかけてきた。

「猫、可愛いよね」

そう言って頭を撫でていた生徒たちは、三日もすればもう現れなくなった。

寮で飼えないのなら、毎日通い、世話をするのは当たり前だ。

彼らが病院にかかる時は、もちろんその費用も受け持った。

だって世話をすれば、猫たちは話を聞いてくれる。可愛くて温かくて愛しい生き物。

猫は好意を裏切らず、シャーロットから離れることもない。

「ファレル君すごいよ。君は〝天才〟だね！」

良い成績を出すと、大人たちはちやほやと褒めてくれた。

しかし、話を聞いてくれることもないし、寝不足の濃い隈《くま》に気付いてくれることもない。

猫たちは温かい体を擦り寄せ、慰めてくれる。

指を舐《な》め鼻をくっつけて、元気か大丈夫かと気遣ってくれる。

「……ファレルさんって、話しかけづらいよね」

「表情変わらないし、いつも猫とばかりいるし」

「〝鉄の魔女〟」

良い成績は当たり前になり、話しかけることも最低限に減った。

（ああ、やっぱり人間は、私の話なんて聞いてくれない）

誰にも媚《こ》びず、靡かず、動じない『鉄の魔女』――他にどうすれば良かった？

猫だけが私の友だ。猫だけが私の家族だ。猫さえいれば、私は幸せよ。

「────本当に？」

「…………ッッ!!」

飛び起きた体が、声にならない悲鳴を上げる。

「…………夢？」

軋むほど強く掴んでいたのは、今のシャーロットの部屋の布団だ。寝汗をかいたせいで体はひどく寒いのに、心臓だけが壊れそうなほど熱く早鐘を打っている。

（……嫌な夢をみたわね）

深く深く、肺の中身を全部吐き出して、そのままた掛け布団に突っ伏す。

別になんてことはない話だ。虐待されていたわけでもないし、衣食住は保障されていた。愛されていなかったわけでもないだろう。

ただ、己に残る家族の思い出がとても少なくて、帰る必要性を感じないだけで。

学院生活にしたって、人付き合いが下手《へた》なのは己のせいだ。『鉄の魔女』と呼んだ者たちだって、決してシャーロットが憎くてそう名付けたわけではないだろう。

……多分、その名が定着する前に、シャーロットが怒ればよかったのだ。否定すればよかったのに、そうしなかった。だからシャーロットは『鉄の魔女』のまま一人だった。

――だけど、今は。

「駄目ね。朝からこんな気分じゃ、効率よくないわ」

感傷に沈む頭を軽くふって、ぱちんと頬を叩く。

ただでさえ解呪に行きづまって暗い空気になりがちなのだ。せめて自分はしっかりしないと。

立ち上がり、準備を始めようとして――ようやくシャーロットは、足元に気付いた。

「えっ、どうしたの!?　布団に入ればよかったのに」

「みゃあ……」

そこにいたのは、愛しい使い魔の黒猫だ。しかし、耳もしっぽもぺたりと垂れ下がり、金色の瞳は怯え震えている。

「……何かあったの？」

異常な雰囲気に急いで抱き上げれば、黒猫はシャーロットにしがみつき、か細く鳴きながら怖い、離さないでと訴えてくる。これでは昨日のクライヴと同じではないか。

「急いで準備するから待ってて。クライヴ様は無事なんでしょう？」

「みゃ！」

それさえわかれば、ひとまず怖いことはない。手早く髪と服を整えて、気丈な助手の仮面をまとう。震える黒猫は制服の上着の中に抱いて、そっと扉を押し開けた。

「──…………は？」

その先に広がったのは、いつもの薄暗い廊下ではなかった。

いや、場所自体は変わっていないのだが、研究室の前を埋め尽くすのは人、人、人。

ざっと見ても三十人はいそうな人間が、何故かクライヴの部屋の扉を叩いている。

「あっ君！　アーネットの助手だろう!?　話を聞かせてくれ!!」

「誰ですか、貴方たち」

早朝から『己の縄張り』を侵《おか》す人間たちに、つい声が低くなってしまう。

いつも通りの無表情に不機嫌が加わったシャーロットは、冷たい紫水晶の目を細めながら、無作法者《ぶさほうもの》を睨みつける。

「ほ、本当なのか？　アーネットが──呪われているって!!」

──彼とシャーロットの日々が、壊れる音が聞こえた。

五章　いつかの魔女と猫耳のご主人様

「どういうことですか、クライヴ様！」

「おう、無事だったか。おはよう」

廊下を埋める人々を押しのけ研究室に滑り込めば、いつも通りの黒ローブに身を包んだクライヴが、のんびりとシャーロットを出迎えた。

食事用のテーブルにゆったりとかけて、優雅にコーヒーを啜《すす》っている。

（え!?　な、なんでこんなにゆっくりしてるの!?）

確かに、結界に守られたこの部屋には、外の音が入ることも他人が押し入ってくることもできない。だが、一歩部屋を出れば詰問《きつもん》の嵐だ。

あまりにも寛《くつろ》いだ彼の様子に、大慌《おおあわ》てで来たシャーロットは拍子《ひょうし》抜けどころか若干《じゃっかん》の苛立《いらだ》ちすら覚えてしまった。

「私は無事、ですけど……外のあれは何ですか？」

「まあ、お前もこっちにきて座れ、飲め。コーヒーしかないが」

「クライヴ様!!」

飄々《ひょうひょう》と話題をかわそうとするクライヴに、つい声を張り上げてしまう。

上着の中で身を丸めた黒猫が、びくっと怯《おび》えた気がした。

「………聞いたから、そんなに慌てているんだろう？　俺が呪い憑《つ》きだとバレたんだ」

顔を持ち上げると、流れるようにフードがずれる。その下から覗《のぞ》く碧眼《へきがん》は、寛いだ姿勢《しせい》に反して全く笑っていなかった。

「そんな、バレたってどうしてですか？　まさか、誰かに見られて!?」

「いや、姿は見られていない。だが、どうにも盗聴に全力を出した輩《やから》がいたようでな。どこかで聞かれて、それを機関の上層部へ密告したらしい」

「盗聴!?　そっちの方が犯罪じゃないですか！」

感情のままにテーブルを叩《たた》けば、カップの中身が少しこぼれてしまう。

クライヴはそれを気にするでもなく、ゆったりと肩をすくめて笑った。

「何が目的だったのかはわからないが、呪われているとバレた時点で俺には手立てがなかった。誤魔化《ごまか》そうにも、隠れていた期間が長すぎたからな」

「……だからって、そんなのおかしいです！」

噛《か》み締めた唇から血の味がしてくる。非合法の手を使ってまで、クライヴを陥《おとし》れたい人間がいるというのか。彼は毎日ずっと、多くの仕事を真面目にこなしていたのに。

（そうだ、あの男……!!）

　ふいにシャーロットの頭に、昨日の風景が蘇《よみがえ》る。

　不自然な嗤《わら》い方をしていた男、彼の頭上を飛び回っていた黒い鳥。

「デリック・ノーフォーク……あの猫嫌い、まさか!!」

「デリック？　なんの話だ？」

「昨日祠《ほこら》へ行く前に会ったのですが、様子がおかしくて。クライヴ様を盗聴したのは、きっとあの男です！　許さない、すぐに問いつめて……」

「止《よ》せ！」

　怒り任せに駆け出そうとしたシャーロットを、クライヴの大きな手が引き止める。

　進み損ねてつんのめった体は、そのまま背後の彼が支える形で倒れた。

「何故《なぜ》止めるんですか!?　あの男、クライヴ様にずっと嫉妬《しっと》していたんです！　こんな卑怯《ひきょう》なやり方をしてくるなんて、私は許せません！」

「落ち着け。誰が密告したかっていうのは、もう重要じゃないんだよ。俺が呪われているという事実が全て。お前がつっかかったところで、こっちの状況は何も変わらない。むしろ、面倒な家を敵に回すだけだ」

「ですが、あの男のせいで……！」

　力の抜けていくシャーロットの体を、背後のクライヴはしっかりと抱きしめてくれる。その手の温かさに、思わず涙が出そうになる。

「怒ってくれてありがとな。でも、もう話は進んでいるんだ。聞いてくれるな？　今日は特別に、俺がコーヒーを淹《い》れてやるから」

「……わかりました」

渋々《しぶしぶ》頷《うなず》くシャーロットの体を椅子に預けると、クライヴは自分のカップも持って台所の方へ向かって行く。

落ち着いたのを見計らって出てきた黒猫が、慰《なぐさ》めるようにシャーロットの頬を舐《な》めた。

「……ありがとう。貴女《あなた》たちもクライヴ様もこんなに優しいのに、どうして世の中上手《うま》くいかないのかしらね」

「そこに自分を入れない辺り、お前は変なところで謙虚《けんきょ》だな。ほら、コーヒー。お湯を入れただけの即席品だけどな」

苦笑を浮かべながら戻ったクライヴが、湯気をたてるカップを手渡してくれる。

独特の苦い香りと共に口に含めば、じんわりと広がる熱が苛立った心を宥《なだ》める。味はまあ即席品だが、今のシャーロットには十分だった。

「ありがとう、ございます」

「よし、落ち着いたな。お前はその短気なところを治した方がいいぞ？　見てくれがいい分、損をするだろう」

「貴方《あなた》にだけは言われたくないです」

「はは、違いないな。……さて、状況を話そうか。実は夜明け前に上から呼び出しを受けて、そこで大体の話はしてきた」

シャーロットと向かい合う形で椅子にかけたクライヴが、すっと姿勢を正す。

いつの間にか離れていた茶猫もテーブルに寄ってきており、黒猫と並んで二匹、ちゃんとしたお座り姿勢で耳をかたむけている。

シャーロットもカップを両手で持ったまま、続く言葉に集中した。

「まず呪いについて、犯罪に関わるものではないことと、他者に危害を加えるものではないってことを、ものすごく時間をかけて説明してきた。理解を得られたかは不明だが、一応納得はしてくれたはずだ」

「当たり前です。この半年間何も起こらなかったのに、なんで他への影響があるなんて思うんですか！」

「お年寄りは心配性なんだよ。で、今までに試した解呪《かいじゅ》魔術を説明。猫神の祠《ほこら》についても報告したが、これに対しては特に言及なしだ。あの希少魔術書の扱いについてだけ注意されたな」

「すぐに返しましたよ！　どこまでこちらを疑うつもりですか……」

「怒るな怒るな」

時折冗談もはさむクライヴの様子は、一貫して落ち着いている。昨日の慌てぶりが嘘のようなそれは、まるで嵐の前の静けさのような、どこか不安を感じる風でもある。

様子を窺《うかが》いつつ話を聞いていると、おもむろにカップを握った彼が、その中身を一気にあおった。中身は熱いコーヒーだというのに。

「あっつ！」

「当たり前です!! 何やってるんですかもう！ 水、水!!」

「いや、いい。熱さも痛さもしっかり感じた。俺は正気だ、大丈夫」

突然の自虐行為に慌ててシャーロットは席を立つが、その手をクライヴが握って制する。

見つめる碧色《へきしょく》はただまっすぐに、そして凪《な》いでいた。

「……上からの最終通告は『今から十日後の建国祭までに呪いが解けなければ、王宮魔術師機関から解雇する』だそうだ」

「…………かい、こ？」

彼はちゃんと話してくれたのに、その単語がシャーロットには理解できなかった。……いや、おそらく理解したくなかったのだろう。

呆然《ぼうぜん》と目を見開くシャーロットに、クライヴは穏やかに笑っているばかりだ。

「ちょっと、待って下さい……お話ししたんですよね？ 超有能な貴方が、半年かけても解決策が見つからなかったって」

「ああ、しっかり話してきたぞ」

「だったら、どうして十日なんて……たったそれだけの期間で、どうしろと!?」

「まあ、そうだな。言い方を変えるか」

クライヴの手が、シャーロットの頭へ伸びる。

小さな子供をあやすように、慰めるように。あるいは——自分自身に言い聞かせるように、優しく撫《な》でた。

「十日やるから荷物をまとめろ、そう言われたんだよ」

シャーロットの世界から、その瞬間、完全に音が消えた。

何故？　どうして？　毎日真面目に、恐ろしいほどの量の仕事をこなしていたクライヴが、どうしてこんな目に遭《あ》わなければならない？

「おかしい……間違ってます。こんなの、おかしいじゃないですか!?　なんで貴方が!!」

「そりゃあ、呪われてるからだろう。王宮魔術師は知っての通り、魔術師にとって最高の地位だ。そこに〝いわくつき〟を置いていたのでは、体裁《ていさい》が保てないだろう？」

「体裁って、貴方がどれだけ!!」

声を出せば出すほど、シャーロットの視界がにじんでいく。

泣いては駄目だ。本当に泣きたいのはクライヴの方だ。わかっているのに、あふれる熱が止まらない。言葉にならない悔しさが、ボロボロと頬を伝い落ちていく。

「ああ、泣かないでくれって。お前に泣かれると、本当にどうしたらいいかわからない」

「私も腹が立ちすぎて、どうしたらいいかわかりません！　こんなの許したくありません!!」

「……だろうな。だから、俺も止めない」

「……え？」

シャーロットが目を瞬《しばた》かせる。同時に、頭にあった長い指先が、こぼれる滴《しずく》をそっと拭《ぬぐ》った。

「俺にも少しやることができた。だから、お前が動きたいなら止めない。けど、約束してくれ。デリックのところへ殴り込みに行くのは駄目だ。他のヤツにもそうだが、攻撃的な態度は抑《おさ》えてくれ。それなら俺は口を出さない。約束できるか？」

「あの猫嫌いを懲《こ》らしめては駄目なんですか？　私は演習成績も首席でした。戦闘用の魔術にも自信があります」

「駄目だ。喧嘩《けんか》をしに行くのなら、この研究室から出さない。お前の評価を落としたくないんだ。頼むから聞き分けてくれ」

「……わかりました。では解呪について、資料を探してきます」

シャーロットが渋々頷くと、クライヴは安堵《あんど》した様子で手を離した。

助手のシャーロットが勝手なことをすれば、クライヴの評価に響いてしまう。悔しいがこれ以上彼を不利にするわけにはいかない。

「気をつけて行ってこい。何かあったら、すぐに戻るんだぞ」

「ふふ、クライヴ様、なんだか保護者みたいですね」

「……まあ、そんなものだな。だから、泣くな」

冗談を言おうとしても、瞳からは滴がこぼれてしまう。そんなシャーロットの頬を、また大きな手のひらが拭ってくれる。その手は優しく、呪いなんてどこにも感じないのに。

（彼によくもこんな仕打ちを。絶対に許さない）

外の様子をこっそりと窺ってから、シャーロットは扉の隙間《すきま》へ身を滑らせる。

押しかけていた魔術師たちは、いつの間にか全員いなくなったようだ。だが、あれが嘘でなかった証拠に、廊下には夥《おびただ》しい量の足跡が残っていた。

「……やっぱり調べものなら、資料室よね」

もう一度周囲を見回して、誰もいないことを確認する。喧嘩を売らない約束はしたが、今日は誰と会っても穏便に対応できる気がしない。ただでさえ、人間が嫌いなのに。

（……誰も、声をかけないでよ）

祈るように願いながら、もはや目を閉じても歩けそうな道のりを走り出す。幸いというべきか、道の途中では誰にも会わずにすんだ上に、シャーロット馴染《なじ》みの司書は不在のようだ。

……しかし、たどり着いた資料室の中は、何やら様子がおかしかった。

（……何かしら、妙に騒がしい）

資料室は図書館と同義の部屋だ。利用者は基本的に喋《しゃべ》らず、静かに淡々《たんたん》と作業をしていた。

それがどうだ。今シャーロットの目の前では、人々が慌《あわただ》しく駆け回っている。足音を気遣うどころか大声で呼び合っているし、取り合うような喧嘩の音すら聞こえてくる。

とてもではないが、この部屋には似つかわしくない様相だ。

(まさか、何か事件でもあったのかしら)

クライヴの言った通り、ここは平和であるがゆえの研究機関であり、正しく軍属だ。有事の際に前線へ駆り出されるのも本当だし、事件があったなら対処に動くだろう。

——だが、それならばなおさら、この慌てぶりはおかしい。

今の彼らは『軍』と呼ぶには統率《とうそつ》がとれてなさすぎる。どちらかといえば、提出期限当日に課題が終わっていない学生のようだ。

巻き込まれぬよう離れて見てみるが、王宮魔術師の威厳《いげん》はどこにも見当たらない。

「よう、お嬢ちゃん。こんなところで何をしているんだ?」

ふいに横から声をかけられて、視線を向ける。

歩み寄ってくるのはガタイの良い男、いつか食堂で見た傭兵《ようへい》のような見てくれの魔術師だ。

彼もまた、何冊もぶ厚い本を抱えている。

「……資料を探しにきたのですが、今日はずいぶん賑《にぎ》やかですね」

「はは、まあオレも含めて全員自業自得だ。気にしないでくれ」

皮肉を込めた挨拶《あいさつ》に、男はガシガシと頭を掻《か》きながら返す。

しかし、「自業自得」とはなんだろうか。どこかひっかかるものを感じる。

無言で首をかしげるシャーロットに、隣まで近付いてきた男は少しだけ躊躇《ため》らい、そしてスッと頭を下げた。

「……なんでしょう？」

「いつかの食堂での話だ。意図したわけじゃないが、オレはお嬢ちゃんに嘘をついちまった。だから、謝罪だ」

「嘘、ですか？」

食堂での話を思い出してみる。確か彼が言っていたのは……クライヴは具合が悪いと思われており、机仕事だけを割り振られていること。ゆえに、忙殺《ぼうさつ》されているのはおかしいという見解。入院を勧めようとしたのも、この男だったか。

「どれが嘘ですか？」

今度はきちんと体ごと向けたシャーロットに、男はいくらか逡巡《しゅんじゅん》して、目を伏せた。

「……クライヴが忙殺されてた理由だ。上の連中は嘘をついていないし、オレたちが心配していたのも本当だ。だが、あいつがそんな状態になったのは、オレたちのせいだ」

「どういうことです？」

クライヴの名前が出た瞬間、シャーロットの応える声が低くなった。毎日毎日山を成《な》す仕事に、殺意すら覚えたものだ。

内容次第では容赦《ようしゃ》しない、そう訴《うった》える瞳に、男は肩をすくめてから話し始める。

まず、機関の上役がクライヴを気遣っていたのは本当だった。

彼らは負担にならない量の机仕事のみをクライヴに課し、早く現場復帰できるようにと毎日心配していたという。

一方で、本来クライヴが受け持つはずだった仕事は、他の王宮魔術師たちに平等分配された。デリックも嫌がっていたが、肩代わりした人間はクライヴを求める人々の声、ひいては己との差を見せつけられて、あまり良い気分はしなかったことだろう。

そしてまた、彼らにも彼ら本来の仕事がある。得意分野を優先して回されはするが、好き嫌いをいっていられないのは「仕事」なら当然だ。

気分のよくない思いをしたところに、自分の苦手な任務までできてしまっては、やる気も下がっただろう。そこである魔術師が思いついた。

今のクライヴの仕事量は少ないはずだ。苦手な自分がやるよりも、彼がやった方が良い成果が上げられるのではないか？

最初は駄目もとでの打診だった。具合が悪いのなら、もちろん無理強いをするつもりもなかった。だが、クライヴはそれを快《こころよ》く引き受けてくれたのだ。

自分が外に出られない分、皆には助けてもらっているのだから。室内でできる任務なら代わりにやろうと。

結果、本人がやるよりもよほど素晴らしいものが仕上がり、魔術師は大いに喜んだ。互いが仕事を肩代わりしただけ、そこで話が終わればよかった。

『ずるい。自分だって、クライヴの仕事を代わっているのに』

そう言う者が現れるのはすぐだった。何せ、クライヴの任務は王宮魔術師たちに〝平等分配〟されていたものだから、その全員に権利があったのだ。

「……オレは見ての通り、肉体労働系の任務が得意だ。たまに騎士団と一緒に仕事をしたりもしている。だが、逆に翻訳とかの細かい字を追うのがものすごく苦手でな。あんまり回ってはこないが、それでもくる時はくる」

そういえば、この男が食堂で依頼をしてきたのは、翻訳の仕事だったか。あれの納期は遠かったようだが、己の仕事をクライヴに押しつけたことには変わりない。

「一口に机仕事といっても色々ある。得意不得意も皆バラバラだ。だが不幸なことに、クライヴ・アーネットは本当に優秀で、どれをやらせても水準以上の結果を出してしまった」

「…………どれぐらい、ですか？」

シャーロット自身でも驚くほど、冷たい声が出た。

男は一度肩を震わせた後、スッと視線を室内へ向ける。

──多くの人々が走り回るそこへ。

「…………」

そうだ、この男が言っていたのだった。

ここには毎日仕事があり、一人滞《とどこお》れば他に影響が出てきてしまう、と。

これが〝影響の出た結果〟ということか。今日までの半年の間にはなかったこと。

「……は、はは……っ！」

乾いた笑いが口からこぼれる。

上役たちも不思議に思っただろう。彼らはちゃんと仕事量を調節していた。つまり、解呪研究の時間をたっぷり与えていたことになるのだ。

クライヴが持っていった記録では「少なすぎる」と感じたのかもしれない。

生真面目な彼のことだ、体の具合に関しては正直に伝えただろう。サボっていた、ととられてもおかしくない。

……ああ、もしかして。朝方《あさがた》研究室の前にいた連中も、クライヴに仕事を押しつけていた手合いだったのか。仕事を頼めなくなって、それで詰めかけてきた、と。

「——馬鹿じゃないの？」

吐き捨てた声は、喧騒《けんそう》にかき消されて誰にも届かない。

いつの間にか傭兵男はいなくなっており、誰も彼もシャーロットを気にも留《と》めず去って行く。

(何が、王宮魔術師だ)

シャーロットの足は出口へ向き、振り返ることもなく進み続ける。

カツカツと強く響く靴音に怯える者もいたが、もうどうでも良かった。

何十人いた？　あの資料室だけで、どれだけの王宮魔術師様がいた？

学院でも彼らは尊敬すべき存在として、よく話に上がった。助手内定が決まった時など、皆苦手なはずのシャーロットをチヤホヤと褒め、賛辞を送ってくれたものだ。

シャーロットも特別なものだと思っていた。最初は高給だけが目的だったが、ここにはクライヴがいたから。彼を認めた機関なら、きっと特別なのだと考えを改めていた。

(なのに……なのに……!!)

「クライヴ様一人で十分じゃないですかッッ!!」

「うわっ!?　なんだ、びっくりした!!」

研究室の扉を押し開けると、驚きに毛を逆立てる猫たちと黒ローブの塊《かたまり》が迎えてくれる。

この薄暗い部屋の住人たちが、『王宮魔術師』の面子《メンツ》を半年も支え続けていたのだ。

たった一人と二匹の猫だけで。

「何が王宮魔術師よ！　たった一人欠けただけで混乱するのに、あれで国の最高峰!?　笑わせるな無能ども!!　これだから人間なんて!!」

「お、おい何があった？　資料を探しに行っただけだろう？　まさか、何かされたのか!?」

地団駄《じだんだ》を踏みながら涙を浮かべるシャーロットに、慌ててクライヴが駆け寄ってくる。

フードから覗く顔には色濃く疲れがにじみ、隈の酷《ひど》さにますます怒りと悔しさが募《つの》る。

「何かされても返り討ちにしますよ!!　貴方という人は、どうして……っ!」

戸惑う彼からフードをはぎとって、猫耳ごとその頭を撫でつける。指を滑る毛並みも少し傷《いた》んでおり、シャーロットの目からボロボロと滴がこぼれ落ちた。

「どうして耐えちゃったんですか!!　もっと早く言ってくれたら、私も怒れたのに!　こんなに自分の身を削って、一番大変なのは貴方なのに!」

「おい、なんだやめろ!　くすぐったい!　こらっ、撫でるな離せ!!」

「いたっ!」

執拗《しつよう》なまでに頭を撫でようとするシャーロットに、いつかと同じく拳骨《げんこつ》が落とされる。

痛みに口をつぐんだシャーロットがクライヴを見上げれば、お返しとばかりに彼の手がシャーロットの髪を撫でた。

「……全く、いきなりなんだ、驚いただろう。誰に何を言われてきたんだ?」

「傭兵みたいな男に、あの恐ろしく多かった仕事の真相を聞きました」

「傭兵って……いや、心当たりはあるが。お前、王宮魔術師を捕まえて酷い言いようだな」

「今私の中で貴方以外の王宮魔術師は底辺です。撤回《てっかい》はしません。むしろ、本職の傭兵さんに謝って下さい」

「……ああ、なるほど。察したよ」

軽く撫でていた手が、くしゃっとシャーロットの髪を崩す。

「お前の言いたいこともわかるが、これは俺が悪かったことだ。だから、あいつらを責めるのは止めろ。何の意味もない」

「なっ！」

怒る理由を察したはずのクライヴは、しかし彼らをかばうように小さく首をふる。思わぬ反応に、シャーロットの手が彼の胸倉《むなぐら》に掴《つか》みかかった。

「何故怒らないのですか⁉　貴方があれほどの仕事を背負う必要はなかったでしょう⁉」

「落ち着け、積み重なってああなっただけだ。あいつらに悪気があったわけじゃない。元はといえば、呪われた俺が悪かったんだ。お前にも、苦労をかけてすまなかったな」

「そんなことを言って欲しいわけじゃない‼　終わりみたいな言い方はやめて下さい‼」

真実を知った時、シャーロットは殺意すら抱《いだ》いたのに。気を昂《たかぶ》らせるシャーロットに、クライヴはただ寂しそうに微笑《ほほえ》むばかりだ。掴んだこの手を止めることすらしてくれない。

「……俺が仕事を肩代わりしていたことは、上の連中も気付いているはずなんだ。筆跡が全然違うからな。でも、何も言われなかったし、こういう結果になった。それなら俺は、自分にできることをするまでだ」

「クライヴ様！」

怒鳴るように呼びかけても、彼はゆるやかに首を横にふる。こぼれ落ちていく滴を拭っては、「ごめんな」とただただ優しくシャーロットの怒りを受け入れる。

（違う……今は、私に優しくして欲しいわけじゃない）

噛み締めた唇から、また血の味がにじむ。彼のために何かしたい、彼の支《ささ》えになりたいのに。

「……私は、貴方に王宮魔術師を辞めて欲しくありません」

シャーロットにとって、彼こそが尊敬すべき『王宮魔術師』だ。他の者など有象無象《うぞうむぞう》と変わらない。この称号は、彼にこそ相応《ふさわ》しい。

（――やっぱり、呪いを解かないと駄目なんだ）

見上げた頭部には今も三角耳が生え、臀部《でんぶ》には垂れ下がるしっぽがある。

シャーロットにとって愛《いと》しいそれが彼の人生を狂わせるのなら、これはやはり『呪い』だ。解くより他に、クライヴを救う手立てがないのなら。

「だから私が、貴方の呪いを解いてみせます」

「……そうか、ありがとな」

意思が揺らがないように、クライヴに向かって強く誓いを立てる。

彼は寂しそうに笑いながら、静かに、そっと目を伏せた。

＊　＊　＊

（参った……本当に手がかりがないわね）

クライヴに宣言をしたあの日から、早くも三日が経過してしまった。

呪いに関するもの、猫に関するものはもちろん、国内での心霊事件の記録、退魔術や祓魔術《ふつまじゅつ》の書物、果ては怪しい宗教の経典まで調べたが、クライヴの症状やその治し方などは全く載っていなかった。あったとしても、大体が試して失敗済みのものだ。

（クライヴ様が半年かけて治せなかったのだから、私ごときじゃ何にも見つけられないかもしれない）

調べれば調べるほど不可思議で、だからこそ預言《よげん》者の言った「猫神の怒りを買った」が一番信憑性《しんぴょうせい》が高いように感じる。しかし、祠を整えても呪いは消えなかったのだ。

「祠が原因じゃないの？　だったら、我が主《あるじ》は何を怒っているのかしら……」

預言者は、シャーロットこそが鍵だと言っていた。ならばクライヴよりも、シャーロットの方が解決策に近いと思ったのに、三日が経っても何も思い浮かぶことはない。

「……なぅ？」

膝に転がる黒猫を撫でれば、気持ちよさそうにシャーロットに擦《す》り寄ってくる。

元々シャーロットは猫の嫌がることをしないよう心がけているし、怒らせるようなこともしない。そうなった後の機嫌のとり方がわからないのだ。

特にこの黒猫は懐《なつ》いてくれているので、なんの参考にもならないだろう。

「おい、そろそろ休憩《きゅうけい》したらどうだ？」

堂々巡りの思考に悩んでいれば、ポンとシャーロットの頭に手が載せられた。見上げるまでもなく、優しく大きな手の持ち主は、この部屋には一人しかいない。

「……クライヴ様」

……肝心の彼は、あの日からずっとのんびり穏やかに過ごしている。

シャーロットの知らぬところで動いてはいるようだが、数日前まで山を成していた仕事はスッパリとこなくなり、仕事机の上はきれいに整頓されたままだ。

曰《いわ》く、『呪われた人間が関わったものなど、商品にならないだろう？』だそうだ。

この半年間彼が作ったものが大量に出回っているはずだが、今更仕事を止めるのはやはり、上は彼を解雇する気ということだろう。

おかげで睡眠時間が確保でき、彼の顔色も日に日に良くなってきているので、悪いことばかりではないのだが。理由が理由なだけに、喜べないのも事実だ。

「……ああ、もうご飯の時間ですか」

時刻を確認すれば、ちょうど昼食時だ。テーブルを占領していた本を片付けて立ち上がれば、手足の関節が間抜けな音を立てる。

「買ってきますね。クライヴ様はどうしますか？」

「俺は腹減ってないんだが……じゃあこれで頼む。気をつけてな」

「はい、わかりました」

相変わらず多めの金額を持たせてくれるクライヴに会釈《えしゃく》をして、シャーロットは一人で部屋を出る。同行してくれていた黒猫には、あの日以降クライヴの傍《そば》にいるよう頼んでいる。時々毛繕《けづくろ》いされて怒っている彼を見るが、気が紛《まぎ》れるなら良いことだろう。

(……外は相変わらず騒がしいわね)

研究室が落ち着いたのとは逆に、王宮魔術師たちは今日も慌しく走り回っている。

そういえば、建国祭が近いのだったか。

(王宮魔術師は……出し物係、みたいなものよね)

王都へ出てきて数年が経《た》つシャーロットは、もちろん建国祭にも何度か参加している。

王宮魔術師の役目は基本的には王族の護衛だが、魔術を使っての出し物……ようは祭りの演出も担《にな》っていると習った覚えがある。

火や水を使った芸に始まり、光や花など祝祭に相応しい彩《いろど》りを奏《かな》でるのが、彼らのもう一つの任務であったはずだ。

「……平和な国ね」

新卒の助手が呪いなんて不気味なものと戦っているというのに、王宮魔術師様は見世物《みせもの》のために研鑽《けんさん》しているとは、なんとも変な話だ。

溜《た》め息まじりに歩いていると、周囲からぽつぽつと暗い声が聞こえてくる。

「おい、あいつ助手の……」

「アーネットのせいで、おれたちは……」

「ご用件があるのでしたら、はっきりおっしゃって下さいませ」

応えるように振り返れば、蜘蛛《くも》の子を散らすように彼らは逃げて行く。

陰口《かげぐち》と暗い視線には散々慣らされた『鉄の魔女』に、この程度のこと痛くもかゆくもない。

だが、これが王宮魔術師というのは問題だろう。

「情けない人間ね」

日に日に株を下げてゆく彼らには、もはや哀れみすら感じてくる。学院の皆は、こんなつまらないものに憧れていたのだろうか。

「そもそも、苦手だから他人に押しつけるなんて、子供以下じゃない」

幼子《おさなご》とて好き嫌いはよくないと教育され、苦難に立ち向かっているはずだ。それを、給金をもらっている大人が避けては駄目だろう。

挙句《あげく》、自分に返ってきただけの現状を、今度はクライヴのせいだと逆恨みしている。もはやお話にもならない。

「こんな場所にクライヴ様を残そうとするのは、間違いなのかしら」

調べごとに行き詰まっているせいもあり、つい思考が後ろ向きになってしまう。

もっと彼を重用し、大切にしてくれる職場があるのなら……いや、それだとこの機関は、本当に役立たずの集まりになってしまうか。仮にも国直属の機関が。

「何にしても、まずは呪いを解かないと。本当に、私に移せたらいいのに」

再び溜め息をこぼしながら、慣れた道をまた進んで行く。窓から差し込む日は温かく、外はきっといい天気だ。

けれど、シャーロットの明るい明日は、まだ見えない。

＊　＊　＊

——足踏みしている間にも時間は流れ、残り期間はもう半分をきってしまった。

「……どうしよう。本当に何も解決策が浮かばない」

研究室のテーブルを陣取るシャーロットの前には、乱暴に書きなぐられた思考の跡が散らばっている。それは奇《く》しくも、かつてのクライヴと同じ様相だ。

「顔色が悪いぞ。ちゃんと寝ているのか？」

「それを貴方に言われるとは思いませんでしたよ」

そしてクライヴは、やはり落ち着いた様子で焦《あせ》るシャーロットを眺めている。

シャーロットが行き詰まる度に、古代語の読み方を教えてくれたり、参考資料を探してくれたりと、最近はまるで教師のように接してくれている。おかげで、シャーロットの知識はこの短期間でグッと増えた。

しかしそれは同時に、シャーロットのしていることが彼の半年をなぞっているだけと示してもいるのだ。

そっと指を滑らせたページには、いつかの『二重唱』の儀式が書かれている。彼との思い出をたどるだけの資料。どんなに愛しさを感じても、そこに進展はない。

(――どうしたら、彼を助けられるのだろう)

視線を室内へ向ければ、以前よりも広くなったのがわかる。理由は単純、物が減っているからだ。引越しの準備をしているのだと、嫌でも気付くしかない。

「どうかしたのか?」

「……いえ、なんでも」

クライヴはシャーロットに何も言ってこない。

一番大変な思いをして、一番理不尽な結果を突きつけられたのは彼なのに。

「これ、資料室へ返しに行ってきますね」

おかげでシャーロットも怒ったりできず、不完全燃焼の気持ちを抱えたまま日々を過ごしている。それこそ、彼がぶちキレてくれたなら、シャーロットも全力でそれを支えたというのに。

「……なんとも、ならないのかしら」

遠くで聞こえる誰かの声は、開催が差し迫った建国祭の進行練習でもしているのだろう。

その祝いの日こそが、クライヴの最後の日だというのに。

「――失礼します」

モヤモヤした気分を引きずったまま、資料室へ入る。ここの利用者もようやく落ち着いたらしく、静かで相応しい姿に戻りつつある。

「ああ、助手さん。いらっしゃい」

今日の受付はいつもの司書のようだ。彼は騒動を経《へ》ても関係を変えず、シャーロットにもクライヴにも、それまで通り接する数少ない人間だ。

……もっとも、彼もまた仕事を押しつけていた人間の一人なので、シャーロットが許すことはないのだが。

軽く会釈をして手続きに向かうと……ふと、見覚えのない若い女が、シャーロットに近付いてきた。

「どちら様でしょうか？」

「お久しぶりです。以前希少本の貸し出しを受付した者なのですが」

「……ああ、あの時の」

クライヴに熱を上げていた国立図書館の司書か。珍しい来客もあるものだと思いつつ、シャーロットはこちらにも軽く頭を下げる。

あの本の返却以降、国立図書館には顔を出していない。シャーロットに覚えがないとなれば、クライヴを心配するような甘酸っぱい理由だろうか。心なしか、顔色が悪い気がするが。

特に話すこともないので女の出方《でかた》を待っていると、彼女は意を決したようにシャーロットをまっすぐに見つめて問いかけた。

「あの、クライヴ様が呪われているという噂《うわさ》を聞きまして……本当なのですか？」

――ここの機関の情報統制はどうなっているのだろうか。仮にも軍属だというのに、下限知《かげんし》らずの腐りっぷりだ。

「……まあ、そのような噂もあるようですね。私からは返答しかねます」

「そ、そうですか」

ちらと資料室の司書へ視線を向ければ、彼はブンブンと首を横にふって答える。彼が話していないのなら、一体どこからもれたのだろう。

頭を抱えたい衝動に駆られながらも、まだ何か言いたげな女の言葉を待つ。

どうせ、クライヴを案ずる恋する乙女のたわ言だろうとタカをくくって――、

「――それは、人に伝染《うつ》らないものなのですか？」

「は？」

続いた言葉の非現実さに、シャーロットは思わず目を見開いた。

「なんの話です？　病気でもあるまいし、伝染するわけがないでしょう」

「で、ですが、そういう話はよく聞きます！　伝染して、被害が広がっていく恐怖話も沢山《たくさん》ありますし！　貴女と一番近くで対応したのは私なので、なんだか気味が悪くて……」

「馬鹿馬鹿しい。もしも恐怖話のような呪いなら、助手の私はとっくに生きていませんよ。創作と現実を一緒にしないで下さい」

「で、でも……っ！」

でもだってと荒唐無稽《こうとうむけい》なたとえを上げる女は、口にする度に顔色を青く染めていく。呆《あき》れて聞いていた司書も、話が続くにつれて、次第《しだい》に困惑の表情を浮かべ始めた。

（……何なの、この女）

一方シャーロットは、女が発言するごとに怒りが募っていくのを感じていた。

心配しているだの素敵な方だのと言った同じ口で、一体何を言っているのか。

手のひらをきつく握りしめながら、何とか怒鳴りつけないよう押さえるが、軋《きし》むそれはそろそろ限界が近い。

「……いい加減にして下さい。名誉毀損《きそん》で訴えますよ？」

「で、でも、無事である保証はないんでしょ!?　ねえ、本当は貴女も呪われているんじゃないの!?　彼の呪いを広げるために、助手としてあちこち歩き回っているんじゃや――」

パンッ!!

乾いた音が資料室に響き渡る。

こっそりと耳をかたむけていた利用者たちも、予想外の音に目を見開いて注目した。

「…………あ」

呆然と声をこぼすのは司書の女。赤く手形を残す頬が、先ほどの音は彼女が平手打ちを受けた音だったと語る。

そして、向かい合うのは、

「――人間ごときが、私のクライヴ様を侮辱《ぶじょく》するな」

殺気をまとう『鉄の魔女』。

相手を射殺しかねない鋭《するど》い目に、女は尻もちをつく。カタカタと聞こえるのは、歯の震える音だろうか。

「…………っ!!」

息を飲む音、後ずさる音がどこからともなく聞こえる。

見誤《みあやま》ったと後悔するなら遅すぎる。ただ優秀なだけの人間が、『魔女』などと呼ばれるわけがないだろう。

誰にも媚《こ》びず、靡《なび》かず、そして――己の意思はどんな手を使ってでも通す、苛烈《かれつ》にして凶悪な女。ゆえに、シャーロット・ファレルは『魔女』だったのだから。

「……ごめ……なさ………っ」

震える唇がなんとか告げる言葉に、シャーロットの目がスッと細められる。

周囲をうねる魔力は視認できるほどに濃く、怒りを表すように燃えている。

「……私はこれでも、『鉄の魔女』なんて大仰《おおぎょう》なあだ名で呼ばれていてね」

細い指先が女に向けられる――何故か〝焼けた匂い〟がするのは気のせいだろうか。

「そんなに欲しいなら、この私が呪ってやる。貴女が望む、恐怖で死にたくなるような呪いを」

「ヒッ!!」

引きつった悲鳴と共に、女はなんとか逃げようと背後に手を伸ばす。しかし腰が抜けているのか、ずるずると四肢《しし》を引きずるばかりで少しも進んでいかない。

「やめ……いや、しにたく……ない………」

目からも鼻からもボタボタと涙をこぼしながら、女は左右に首をふる。

その頭上へ向けて、手をふり下ろそうとして、

「シャル、やめろ」


出入り口から響いた声に、シャーロットはぴたっと動きを止めた。

慌てて他の者も視線を向けると、背の高い黒ローブ姿の男が立っている。

「クライヴ様……？」

ゆったりと振り返るシャーロットの目には、もう怒りの色はない。

代わりに、きょとんと困惑した表情でクライヴを見つめている。

「……騒がせてすまなかったな。ほら、帰ろう。もういいんだ」

「…………は、い」

クライヴから伸ばされた手を素直に取り、二人は並んで去っていく。残された資料室の人々は、ただただ呆然と彼らの後ろ姿を見送る。

……窓ガラスがひび割れていることも、床が黒ずんでいることにも気付かず。〝クライヴが止めなければ大惨事だった〟と彼らが知ったのは、それからしばらく後だった。

「……どうして、貴方が？」

手を引かれたまま研究室まで戻り、扉が閉まったところでようやくシャーロットは我に返った。クライヴもどこかホッとした表情で、シャーロットに向かい合う。

「初日に契約を交わしただろう？　何かあればすぐにわかるようになってる。本当はずっと黒い方を監視兼《けん》護衛でつけてたんだが、最近お前はこいつを置いて行くからな」

「あ……」

そういえば、クライヴの助手になった日に、何やら契約をさせられた気がする。

おもむろにその右手を持ち上げてみると、手の甲に焼印《やきいん》のような魔術陣が浮かんでいた。

「な、なにこれ……」

「お前が俺との契約を破るからだ。俺の言うことには絶対服従って言ったのに、あの女に手を上げただろう？　ほら見せろ、痕《あと》になったら困る」

なるほど、これは契約を破った罰ということなのか。魔術陣は本当に肌を焼いて浮かんでいるようで、意識すれば途端に激しい痛みが走る。

「すごい痛いです……」

「火傷《やけど》が痛くないとでも？　無茶しやがって、この馬鹿女」

クライヴが何ごとかを囁《ささや》くと、一瞬の冷気と共に魔術陣は消え去った。元通りのつるりとした肌を撫でて、彼の方が安堵の息を吐く。

「……もういいんだよ。俺なんかのために、怒らなくていい」

「嫌です。怒る時もキレる相手も、私が決めます。これでも私、強いんですから」

「その度《たび》にまた、さっきの火傷を負うことになるぞ？　今回はすぐ治せたからいいが、時間が経ったら痕が残るかもしれない」

「構いません。それが、貴方の助手である証《あかし》なら」

「シャル」

毅然《きぜん》と言い返していたシャーロットが、またピタリと止まる。

「……もう、いいんだ」

「…………ずるいです。やっと名前を呼んでくれたと思ったら、こんな使い方だなんて」

切なげに見つめるクライヴに、シャーロットの表情も歪《ゆが》む。

ずっと避けるように『お前』と呼ばれ続け、やっと呼んでくれたと思えば、シャーロットを制止させるための呪文のような使い方だなんて。

「……本当は呼びたくなかったんだよ。名前を呼んだら、お前を束縛するような気がして」

「私は使い魔じゃありません。貴方の助手です！　私をそう呼んでくれる人は、貴方しかいないのに」

「…………それは悪かった。今までの分も呼ぶよ、シャル」

「……っ、はい」

親や兄弟も呼んでくれない愛称が嬉しくて、体当たりでもするように倒れこむ。今はそれどころじゃないのに、彼との繋《つな》がりがどうしても愛《いと》おしい。

体当たりを受け止めたクライヴは、細い体を抱きながらゆっくりと髪を撫でた。

「……なあ、わかっているだろう？　十日程度では、新しい解呪法なんて見つからない。あの猫神の祠が最後の賭けだったんだ。もういいんだよシャル、お前が苦しむ必要はない」

「……苦しんでなんていません。私が悔しくて、負けたくないだけです」

ぐりぐりと頭を押しつけても、クライヴは笑うばかりでシャーロットを手放そうとはしない。頭から背中へ手を回して、慰めるように抱きしめる。

「きっとお前も疲れてるんだな。少し休もう。ほら、部屋に戻っていいぞ」

「嫌です」

「……じゃあ、俺のベッド貸してやる。今日だけ特別だからな？」

もう一度苦笑して、クライヴはシャーロットを抱いたまま引きずり、奥の仮眠ベッドへと連れて行く。かつて研究室の中は大惨事だったが、この区画だけは以前から整頓されており、シャーロットも掃除《そうじ》をしたことはない。

初めて入る彼の寝室で、シャーロットは彼に寝かしつけられる――はずだった。

「ほら、ついたぞ――ッ、え、おいっ!?」

ぐるりと回転した視界が思考をふっとばし、次の瞬間、寝転んでいるのは彼の方だった。

……シャーロットに、押し倒される形で。

「なっ!?　お前、どうやって!?　ええ!?」

「――一つだけ、まだ試していない方法があります」

目の据《す》わったシャーロットが、一歩距離を詰める。至近距離でシーツが音を立てて、意図せずとも二人の気持ちは高まっていく。

「ちょ、ちょっと待て!?　落ち着け、話し合おう!?」

「待ちません」

寝転んだ拍子にフードが落ちたクライヴの顔は、火が出そうなほど真っ赤だ。だが、そこへ圧《の》し掛かるシャーロットもまた、耳まで赤く染まっている。

「……真っ赤だぞ」

「貴方もですよ！　仕方ないでしょう、こんなこと、初めてなんだから!!」

また一歩分距離が近付いて、重なった髪がまじり合う。吐息の音が聞こえるような近さに、どちらからともなく喉を鳴らす。

――男と女がそろっていながら、二人はまだとある方法を試していなかった。

おとぎ話で有名な、呪いと言えばお約束の〝魔法〟。

「……もう、黙って」

言うが早いか、シャーロットの唇がそっと重なる。

王子様の呪いもお姫様の呪いも、これで解けてめでたしめでたしになるはずなのだ。

〝想い合う二人のキス〟――万能の呪い破りに希望をかけて、吐息をまぜる。

……ほんの一瞬のような、とても長いような時間。

「…………はっ」

ゆっくりと唇が離れて、二つの視線がぶつかり合う。

「――――あ、あ……」

しかし次の瞬間、シャーロットは叫びたくなった。

布団《ふとん》に広がるクライヴの髪はまだ黒く、愛らしい猫耳もそのままそこにある。

私のキスでは解けなかった。横たわるその真実に涙がこぼれかけて、

「わぷっ！」

落ちる前に、シャーロットの顔は硬い何かに押し付けられた。何か、と探るまでもなく、ク

ライヴの胸だ。

「………お前な、こういうことには順番があるだろう」

押しつぶれた耳に降るのは、どこか震えた声。顔を起こせば、赤みの全く引いていない茹蛸《ゆでだこ》のようなクライヴが、額《ひたい》を押さえて呻《うめ》いている。

「まだ言ってないし、準備も終わってないのに……だいたい、普通は男からするものだろう？どれだけ男前なんだよもう、これ以上俺の立場なくすのやめてくれよ……」

「えっと、ご、ごめんなさい？」

「これが若さなのか、羨《うらや》ましい。しかもなんなの、すげーいい匂いするし、やわらかいし……あーもー……本当に、本当にこの助手は……」

ぶつぶつと呟《つぶや》かれているのは、何やらシャーロットに対する文句のようだ。思わず腕から抜け出そうとするが、文句を言う本人は少しも力をゆるめてくれない。

「クライヴ様、あの、離して……」

「断る。いいからこのまま寝ろ。寝てしまえ。はい、オヤスミオヤスミ！」

「え、ええぇ？」

抱く腕はびくともしないし、何故か足にはクライヴのしっぽが絡《から》みついている。いつの間にか使い魔たちもベッドに乗ってきており、それぞれ体を丸めながら寝る体勢に入っている。

「……まだ何も言えないけどな。最後ぐらいは俺が必ず守る。だから、今は寝てくれ。ここで、俺と一緒に」

「……はい、わかりました」

意識すれば、猫たちにも温められた布団は、寝不足の体を引きずり込むように眠りへ誘《いざな》う。

互いの心音が少しうるさすぎるけれど、目を閉じればきっとすぐに聞こえなくなる。

「……おやすみなさい、クライヴ様」

「おやすみ、シャル。俺の――」

「…………?」

（……何と言ったのだろう、聞こえない…………）

悩みも怒りも彼の熱に溶かされて、シャーロットの意識は沈んでいく。

その様子を穏やかに見守ってから、クライヴも静かに目を閉じた。

＊　＊　＊

――進展はなくとも、時間は無常に過ぎていく。

ついに建国祭は明日に迫っているが、クライヴの猫耳としっぽは健在のままだった。

「……我が主」

一人猫神の祠へ参拝に来ていたシャーロットは、新しい花と魚を供《そな》えて、恭《うやうや》しく跪《ひざまず》く。

「とうとう今日まで、私は貴方様のお怒りを鎮《しず》めることができませんでした。もはやこの身をもって償《つぐな》うより他の手立ては浮かびません」

組んだ手に額をつけて、まぶたを伏せる。乾いた風が、祠とシャーロットの間を過ぎていく。

「私は貴方様に殉《じゅん》ずるのであれば、喜んでそういたします。今すぐにでも。しかし、あの者は違うのです。彼は生きなければなりません。これからの世に必要な人間なのです」

ゆれる灰桃色の髪が、献花のように空に踊る。

絡めた指同士は手の甲に爪を立てている。強く握りすぎたのか、軋む音がした。

「……猫にしか心を向けられなかった私が、初めて一緒にいて楽しいと思えた人なのです。それとも、だからこそ貴方様はお怒りなのでしょうか？　だとしたら、なおのこと。これは私が償うべき罪です。我が主、愛しい猫神様。どうか、どうか……」

額が砂を削る。深く頭を下げたシャーロットは、そのまま動かず猫神の声を待ち続ける。

……しかし、かの神がシャーロットに応えることはない。これまでと同じように、ただ荒野に佇《たたず》む猫の像は、寂しげな目でシャーロットを見返すだけだ。

「………今日はこれで失礼いたします。また参りますね、我が主」

ゆっくりと上げた顔には深く皺《しわ》が刻まれ、今にも泣きそうに震えている。

踵《きびす》を返すと、馴染みの馬が神妙な面持ちでシャーロットを見守っていた。

——あれからの数日、穏やかな日々ではあったけれど、その流れは残酷なほど早かった。

まずシャーロットが怖がらせてしまった国立図書館の女性司書には、あの後すぐに謝罪文を送っておいた。

機関を経由して送ったものなのできちんと届いたとは思うが、女性からの返信はない。

代わりに図書館の運営局から恐縮した手紙と高級菓子の詰め合わせが届いたので、もしかしたら退職したのかもしれない。

常識的に考えて、ただの人間があの場ですぐ呪いなどできるわけがないのだが、素人《しろうと》を脅《おど》してしまったことはシャーロットも反省している。クライヴを侮辱した件については、絶対に許すつもりはないが。

クライヴに仕事を押しつけていた魔術師たちは、あれ以降全く近寄ってこなくなった。こちらが何かしたというわけではなく、何故かあちらがシャーロットを怖がるようになってしまったのだ。

まさか、王宮魔術師が助手のシャーロットよりも能力が低い、なんてことはないとは思うが。

その質問に目を逸《そ》らしたクライヴを見る限り、この件は触れない方が良いのだろう。

……猫を愛するあまり、魔女は強くなりすぎたのかもしれない。

そしてクライヴは、穏やかにシャーロットの『師』として過ごしていた。

古代文字の読み方、覚え方から始まり、効率のよい調合の仕方、危険な毒草の見分け方や処理法などなど。時には実践も踏まえて教えてくれた。

彼が王宮魔術師として培《つちか》った特別な知識だ。一字一句聞き漏《も》らさないようシャーロットも学習に励み、とても充実した毎日だった。たとえそれが、終わりに向かう時間だとしても。

「楽しかったけど、結局呪いは解けなかったわ……」

今日までの期間、クライヴはシャーロットに解呪探しを禁じてしまった。「呪いのことはいいから、これからに役立つ勉強をしよう」と。

禁止されてしまえば、破った時にまた火傷を負うことになる。利《き》き手を負傷してしまえば、どのみち探し物は上手くできないだろう。彼との契約を解くつもりもないシャーロットは、結局従うしかなかったのだ。

「………………強引にキスまでしちゃったのにね」

ふと、あの時の感触を思い出して、顔に熱がのぼってくる。

あんな風に後先を考えず動いてしまったのは久しぶりだった。最後にそんな行動をしたのは、嫌がらせのために猫を虐待しようとした学院生を、麻袋につめて役所まで引きずった時以来だ。

かつての己の行動を感慨深く思い出すが、あの時とは決定的に違うことがある。

シャーロットを突き動かすきっかけとなったのが、猫ではなく人間だということ。少なくとも、これまでのシャーロットにはありえない感情だ。

「……クライヴ様」

胸元をきつく掴んで、目を閉じる。シャーロットが何を感じようとも、結局呪いは解けていない。体を預かる馴染みの馬は、困ったようにシャーロットを気遣いながら、傾き始めた日を背に走り続けた。

「…………は？」

馬を返し、いつもの道を歩いて戻ってきたシャーロットに、しかし出迎えた部屋の様相は、慣れ親しんだそれとは別物だった。

「なに、これ……」

かつては物にあふれ、足の踏み場すらなかったクライヴの研究室。

扉を開けた先にあると思っていた日常は、ただがらんと広い床に変わってしまっていた。

「……家具が、ない」

「おかえりシャル。これでお前の手を煩《わずら》わせることはもうないな」

呆然とするシャーロットを、いつも通りのクライヴが出迎える。背後にある窓からは目貼りが外され、厚いカーテンもなくなっている。

「クライヴ様、これはどういうことですか？」

「どうって、引越しの準備が終わったんだよ」

ああ、この人は本当にここを出て行ってしまうのか。ハッキリと目の前に広がる結果に、胸が締めつけられる。

しかしクライヴは満足げに笑って、懐《ふところ》から一枚の封筒を取り出した。

「……なんでしょうか、これ」

「推薦状だ。この十日間何ができるかを考えて、俺のかつての師に連絡をとっていたんだ。あの人も王宮魔術師を辞めた人間だが、魔術師協会に今でも絶大な影響力を持っている。それで、快く引き受けてくれたよ。お前の後見人」

「こうけん……？」

戸惑いつつ受け取った封筒に重さはなかったが、多分とても貴重なものなのだろう。

達筆な署名に首をかしげていると、クライヴは笑ったまま続ける。

「これで、お前はここを辞めなくていい。本当は呪いの誤解も解きたかったんだが、あの人が後ろについているなら、何かしてくる輩もいないだろう」

「――は？」

酷い聞き違いをしたように感じた。辞めなくていい――〝シャーロットが〟と。

この男はそう言ったのだろうか。

「……誰が、いつ、そう願いましたか？」

問い質《ただ》すシャーロットの声は低い。だが、微笑むクライヴは気付かない。

「お前は本当に優秀だから、他のヤツのところでも上手くやれるだろう。元々、引く手数多《あまた》の逸材《いつざい》だ。引き抜かれないよう俺が接触を断《た》ったりしなければ、お前は別の職場にいたかもしれない。なに、実は俺も新しい仕事を斡旋《あっせん》してもらってある。ちゃんと外に出なくても済む仕事だ。俺も大丈夫だから――今まで本当にありがとう、シャル」

「ふざけるな‼　勝手に終わらせないで下さい‼」

勢いのまま、シャーロットは手にした封筒を床に叩きつけた。

クライヴもようやく様子がおかしいことに気付いたようだが、理由はわからないのだろう。困惑した顔で、床とシャーロットを見比べている。

「私は貴方に辞めて欲しくなかっただけです！　貴方のいない機関になど、なんの価値も感じませんよ！　こんな場所に置いていかれるなんて、冗談じゃない‼」

「だ、だが、わざわざ断った俺のところへ押しかけてきたじゃないか。ここに執着があるんじゃなかったのか？」

「では白状しますが、私はお金が欲しかったんですよ‼　祠を直すために、高給職につきたかった。でもご存じの通り、目的は果たされました。もうここに用はないんですよ！」

「――……なんだよ、それ」

怒りのまま全てを告げるシャーロットに、クライヴの方がゆっくりと崩れ落ちる。

笑って、ただ穏やかに笑い続けていた顔を――思い切り歪めながら。

「……せめてお前だけは助けないとと思って、結構頑張ったんだぞ俺」

「この所色々教えてくれたのも、そのためですか。残念でしたね！　だいたい、この私が人間なんかに素直に仕《つか》えると思いますか？」

「……はは、それもそうだな」

物のなくなった床に座り込み、顔をくしゃくしゃにしながら、不格好にクライヴは苦笑う。

その隣へ近付いたシャーロットも、ようやく微笑んで見せた。

「私は貴方の助手です。ついて行きますよ、どこへでも」

「…………ああ、そうだな」

契約の残る細い右手が、クライヴの無骨《ぶこつ》な指に絡んで、しっかりと握り合う。

「……それなら、もう離してやらない」

「はい！」

橙色《だいだいいろ》の光が、二人を温かく照らす。残りわずかな期限の陽が、静かに沈み落ちていった。


——やがて、今のクライヴの髪と同じ色の空に、月が昇る。

今夜は前夜祭だ。普段夕方には閉める店も、今夜は開け続けて人々に酒や料理を振る舞っている。赤ら顔で盛り上がる人々の喧騒が、遠く離れたこの研究室棟まで届いてくるようだ。

空には花火も打ち上げられて、ますます人々の気持ちを昂《たかぶ》らせている。

「……この音はちょっと耳に響くな」

正しく猫らしく、爆音に三角が震える。落ち着きのない様子に笑い合いながら、二人は儀式の間のバルコニーに並んで空を見上げていた。

窓を開けてやっと気付いたが、この広い部屋は物語の逢瀬《おうせ》に使えそうなほど、繊細な意匠の一室だった。怪しい儀式に使っていたのは勿体《もったい》なかったと、今更ながら後悔が募る。

「きれいですね」

激しい音と共に、夜空に色とりどりの花が咲く。

あの打ち上げ花火も魔術であり、担当しているのは王宮魔術師らしい。もしかしたらクライヴも、本来は祭りを彩る役を担っていたのかもしれない。

打ち上がる度に震えるしっぽを、慰めるようにそっと撫でる。

「そういえばお前、『鉄の魔女』って呼ばれてたらしいな」

ふいに聞かれた質問に、首をかしげつつもシャーロットは頷いて返す。

誰にも厳しく無表情、靡かず媚びない苛烈な女。その上、周囲は猫たちを〝従わせている〟と思っていたらしい。そりゃあ正しく魔女だろう。

「私にはお似合いでしょう?」

「どこがだ? 表情はすぐに変わるしわかりやすい。仕事ができるのはもちろん、お前みたいな可愛い女が、どこが鉄でどこが魔女なのかわからんな」

当たり前だと答えたシャーロットに、クライヴもまた純粋な疑問を浮かべて首をかしげる。

「……そうですね。きっと貴方が猫だから、素の私が隠せないのでしょう」

「人間だよ!!　……まあでも、そういうことなら、この耳としっぽに感謝なのかにゃー?」

「ちょっと、成人男性がにゃーとか言わないで下さいよっ」

　ふざけて笑う彼のしっぽを少し強く握ると、途端に肩を震え上がらせる。やっぱり本物の猫みたいだと、ローブを引き寄せる彼にシャーロットも微笑む。

「……でもね、クライヴ様。多分私、その猫耳としっぽがなくなっても、貴方が好きですよ」

「────え?」

　……ついうっかり、そんなノリで、妙な言葉が口をついて出た。

　言われたクライヴも言ってしまったシャーロット本人も、目を見開いて固まっている。

　音を立てて咲く花火だけが、変わらず夜の空を照らしている。

「あ、の……な、なんでもないです!!　ごめんなさい、忘れてくださ……」

「────俺も」

　何とか誤魔化そうとしたシャーロットの手が掴まれる。

　夜の外は少し肌寒いぐらいなのに、首から上だけは爆発しそうなほど熱い。

　逃げられないことを確認して、彼を見上げれば────蕩《とろ》けそうな笑顔が、シャーロットを見つめていた。

「俺も、お前が好きだ。多分ずっと前から好きになってた。お前がこの猫耳としっぽにしか興味がないとしてもな。——最後の日だが、やっと伝えられたな」

掴まれた手が握り合って、しっかりと指を絡めて繋ぎ直される。

彼の碧色に映るシャーロットは、今にも泣きそうな表情だ。

「最後じゃないですよ、クライヴ様。私のことが好きなら、冗談でも置いていくなんて言わないで下さいよ」

「ああ、もう二度と言わない。お前は俺だけのシャルだ。猫にだって渡さないから覚悟しろよ？　……これからは、俺のことしか考えられなくしてやる」

「……ふふ、それは、楽しみです」

花火の音が遠くへかすれていく。祝う人々とは真逆の、終わりの夜。

今度は解呪のためではなく、二人の距離が近付いて、やがてゼロになる。

「——……ん」

二度目のキスは、熱くて甘い。

繋いだ指先はそのままに、引き寄せる温かさがとても愛おしい。この大きな手に肉球はないけれど、シャーロットにとっては唯一無二のご主人様で、お猫様の優しい手。

（もう、離さない）

——ああ、私は今、とても幸せだ。

「にゃぁーお」

その瞬間、重なった鳴き声と共に、一陣の風が吹きぬけた。


「……ッ!?」

「な、なんだ!?」

激しい突風がクライヴのローブを揺らし、勢いでフードを吹き飛ばす。

「クライヴ様!!」

慌てて手を伸ばした先で――――純白が揺れる。

(……なに?)

月の光のような、優しい白。細められた金色の瞳。

見たことがある。見覚えがある。

けれど、あの時よりももっと優しく微笑んだ〝純白の猫〟が、シャーロットに背を向けて、溶け消えていく。

「……仕方がない。可愛いお前が、望むのなら」

言葉の割には、ものすごく名残惜《なごり》しそうな声が響いて――、

「…………はい?」

まるで太陽の光を閉じ込めたような、夜闇に映《は》える鮮やかな金色が、シャーロットの指先に

触れた。

　風が落ち着けば、それは絹糸のようにサラサラと彼の額を滑り落ちていく。

「……これ、金髪？　まさか、呪いが……解けた？」

「──嘘だろ？　今か!?　まさか、本当に!?」

　二人そろってペタペタと触ってみるが、三角耳もふわふわしっぽもどこにも見当たらない。

　髪の色は変わったが、顔立ちは間違いなくクライヴのままだ。金髪碧眼の正しく王子然とした男が、シャーロットを見つめている。

「ああ、我が主!!　猫神様がお許し下さったのですね!!　クライヴ様、これでここを辞めなくて済みますよ！」

　思わず天を仰いだシャーロットは、はしゃぐように繋いだままの手をふり回す。

　猫の要素がなくなってしまったというのに、その笑顔は晴れやかで、心から祝福している。

　何度も触れて確認していたクライヴも、シャーロットの声に一瞬だけ喜びを浮かべたが──

しかし、すぐに眉間に皺をよせると、ゆるく首をふった。

「……いや、辞める。もう決めたことだ」

「えっ何故ですか!?　私はともかく、貴方にとって王宮魔術師は特別なものでしょう!?」

「誇り〝だった〟よ。任命されてからずっと、この半年のことも含めて俺は尽くしてきたつもりだ。けれど、俺は容易《たやす》く切り捨てられた。その程度だと言われてまた尽くせるほど、俺もできた人間じゃない」

絡めた指先に力が篭もる、ようやく呪いが解けたのに、クライヴは浮かない顔だ。

「クライヴ様……」

なんとか彼を元気づけたくて、広い胸元に擦り寄るように体をくっつける。どうにも猫真似の行動しかできないシャーロットは、まだまだ経験不足だ。

だが、クライヴは嬉しそうに腕を背に回し、シャーロットの髪にキスを降らせた。

「……大丈夫だよ、ありがとな。ただ、そうだな。最後に面白いことができそうだ」

「面白いこと？」

恐る恐る顔を上げれば、眩《まばゆ》い美貌の男性がニヤリと口元をゆるませる。まるでイタズラ直前の猫のような表情に、シャーロットの胸も高鳴り始める。

明日はいよいよ建国祭。晴れを約束するような美しい夜空だ。

——二人を見守るように、今夜も遠くで、猫が鳴いている。

＊　＊　＊

建国祭当日は、祝いの日に相応しい、雲一つない晴天だった。

あちこちで紙吹雪が舞い、食べ物が振る舞われ、若い娘たちが歌い踊る。

前夜祭から続く華々《はなばな》しい祭りの熱は、王城での催《もよお》しに向けて最高潮になっていた。

「……あの、本当に大丈夫なんですか？」

「ああ、問題ない。任せておけ」

そんな喧騒から離れるように、背の高い建物の陰に二人分の声。

周囲を窺う肩から灰桃色の髪がこぼれおち、それを背後から大きな手がすっと撫でて戻す。

二人の足元には黒と茶色のふわふわした生き物が隠れており、小さく鳴いている。

「じゃあ、そろそろ行ってくる。しっかり見ておけよ」

「はい、楽しみにしています」

布の翻《ひるがえ》る音と共に、影が一ついなくなる。残ったもう一つはこっそりと人々の群れに加わり、期待を込めて空を見上げた。

――ちょうど王城のバルコニーに王族たちが姿を現し、人々へ向けて手をふり始める頃だ。

割れんばかりの歓声が響く中、その一段低い場所には、ズラリと並ぶ王宮魔術師たち。

鮮やかな色の揃《そろ》いの服を着た彼らは、今か今かと待ち構える国民たちのために、それぞれが最高の祝福の魔術をたずさえて来ていた。その中にはデリック・ノーフォークの姿もあったが、顔には何故かひっかき傷が残っている。

合図である弦楽隊の国歌演奏が始まり、魔術師たちが空へ向けて手を伸ばす。

人々の期待を受け、思い思いの呪文を唱えて、「さあ！」と力を入れた瞬間。

「────は？」

王都の青空一面に猫のらくがきが浮かび上がった。

打ち合わせとは違う演出に魔術師たちはもちろん、王族たちもきょとんと空を見上げる。

「ど、どういうことだ？」

「変更なんて聞いていないぞ？」

困惑しざわめく彼らを嘲笑《あざわら》うように、「にゃあ」とどこからともなく鳴き声が響く。

途端に、空のらくがきが花びらに変わって、地上へと降り注いだ。

真っ白な雪のような姿から、地上に近付くにつれて赤に黄色に、違った形の花になり、見上げる人々の髪を飾っていく。

「すごい、きれい!!」

子供たちがあげる無邪気な歓声に応えるように、今度は空に特大の虹がかかり、そのまま雨のように流れ、青空は美しい七色に染まっていく。

弦楽隊の奏でる音楽は光を生み輝いて、人々の吐息からはシャボンがこぼれる。

そんな光景が広がる中、勢ぞろいした王宮魔術師たちは、ひとつの魔術を使うこともできずにぽかーんと呆《ほう》けてしまっていた。

街にあふれるのは笑顔と歓声、祝福に対する喜びだ。しかし、それは彼らの演出ではない。

このまま事態を見守るべきか、それとも危惧《きぐ》して臨戦態勢をとるべきか。

「栄光あれ！」

王宮魔術師たちが決めかねていると、ざわめきの中にひときわ通る祝福が響く。

その声に顔を向ければ、王城と向かい合う建物の頂上に美しい男が立っていた。

もうしばらく人前に出ていなかったはずなのに、一瞬で視線を集める王子然とした美貌の魔術師。

「……あいつ、まさか⁉」

黒ローブではなく、彼らと意匠だけは同じ純白の制服をまとった彼は、恭しく礼をして、また手を掲げる。

その様は魔術と言うより、正《まさ》に『奇跡』の領域。

たった一人で王都一面の空を彩った男――白の魔術師クライヴ・アーネットは、満足そうに微笑むと颯爽《さっそう》と姿を消してしまった。

「アーネット、あいつ……やられたッ‼」

王城ではデリックが顔を真っ赤にさせながら、膝から崩れ落ちていた。

「あの人、本当にすごい魔術師だったのね……」

街の人々にまぎれたまま、シャーロットも空を見上げて感嘆の声をこぼす。

虹が消えたと思えば、今は青空をキャンバスに光で描いた猫の絵が踊っている。

優秀といわれたシャーロットでも、こんな芸当を一人でやるのは到底無理だ。

半年の引き篭もりで色々溜まっていたのだろうが、それにしてももはや次元が違う。

(机作業も優秀で、外に出したら奇跡を見せるなんて。本っ当にあの機関、人を見る目がないのね)

これほどの人材、もしかしたらもう二度とお目にかかれないかもしれないのに。短慮《たんりょ》な決断をして縁を〝切られた〟王宮魔術師機関に、胸がすく思いだ。

シャーロットの周囲では、喜び浮かれる人々が空を見上げて歓声と拍手を送っている。

人間なんてどうでもいい、面倒だから関わりたくない。そう思って生きてきたはずなのに、クライヴを認め、祝福する彼らを見ていると、どこか心が温かい。

(――いつか、クライヴ様以外の人間のことも、どうでもいいと思わなくなれるのかしら)

たとえば両親、たとえば兄妹、たとえば学院の生徒たち――今はまだ何とも思えないが、クライヴと共に生きるのなら、いつか何かが変わる日がくるのかもしれない。

「にゃーお」

シャーロットの足元では、相変わらず仲の良い使い魔たちが寄りそっている。空の動きに反応しながら前足を伸ばし、ひょこひょこと小さな肉球が踊る。

(ああ、でもやっぱり猫は最高!!　うちの天使たちは今日もこんなに可愛い)

鼻あたりからあふれそうになる愛しさをぐっと押さえつけると、ふと視界が翳《かげ》る。

見上げた遥《はる》か頭上から、ふわりと白い影が舞い降りてきた。

「お待たせシャル、ずらかるぞ！」

「了解です！　ところで、これからどこに行くんですか？」

「師匠が街外れの別邸を貸してくれたよ。小さい家だが、二人で住むなら十分だろ」

「二人と二匹ですよ！」

太陽を反射する美貌の男となったクライヴは、輝かんばかりの笑顔でシャーロットに手を差し伸べる。

猫耳もしっぽももうないけれど、その顔はやっぱりイタズラ好きの猫みたいだ。

「シャル！」

差し出された手を掴んで、華やぐ王都を駆けて行く。

先導するのは愛しい人とその使い魔たち。周囲で歌う野良猫にも祝福されながら、かつての『鉄の魔女』は、笑顔いっぱいに走っていく。

おとぎ話のような素晴らしく幸せな物語。誰もが祝福する、めでたしめでたしの結末。

――その時は確かに、高鳴る鼓動と共にそう思っていた。


「…………何故だ」

新居で迎える初めての朝。小さいながら隅々《すみずみ》まで掃除がいき届いた、清々《すがすが》しい寝室。

眩い太陽の光に照らされるのは、物語の王子様のような美しい人。

――――の頭で、三角形の愛らしい耳が、ぴょこぴょこと震えていた。

「治ったんじゃなかったのか⁉　やはり呪いか⁉　そんなに俺が憎いか猫神よ‼」

「様をつけて下さい、不敬ですよ」

輝く金髪は見慣れた黒色に戻り、布団の上でシャーロットにいじられているのは、同じく黒色のふわふわ猫しっぽだ。……ただ何故か、前髪の一房《ひとふさ》だけは金髪のまま残っているので、完全に呪いが復活したわけではないようだ。これはこれで間抜けだが。

「なんでだよ、すごくいい話で終われたのに‼　俺の人生、ここからまた薔薇《ばら》色になるはずだったんだぞ⁉　猫耳！　しっぽ！　またこれか⁉　男の猫耳やしっぽなんて需要ねえよ‼」

「クライヴ様、朝から叫ばないで下さい。ほら、猫じゃらしですよー」

「いるか‼　俺は人間だ‼」

と言いつつも、誰よりも早く猫じゃらしを掴んだ彼は、やはり猫になる才能があるのかもしれない。ぴょこんと立つ三角耳に、シャーロットは胸を押さえる。

（ああ、可愛い……やっぱりクライヴ様の猫耳、最っ高に可愛い！）

彼にはもちろん言えないが、可愛いものは可愛いのだから仕方ない。微笑むシャーロットは、こっそりと黒い耳に口付ける。滑らかなそれは、やはり極上の毛並みだ。

「そういえば、今朝扉にこれが挟まっていましたよ」

「……この新居に？　師匠しか場所は知らないはずだが、あの人からか？」

取り出したのは、二つに破かれたクライヴの辞表。

そして、その上に重なるのは『帰ってきて』とだけ記された、箔《はく》押し入りの便箋。

——奇しくも始まりと同じ、たった一文だけの手紙だ。

「……引き篭もる。絶対に戻ってなんかやるか。俺は引き篭もるからな!!」

「はいはい、怒らないで下さいクライヴ様。ほら、煮干しですよー」

「また猫餌か!!」

早朝からにゃーにゃーと合唱する四匹を眺めつつ、シャーロットは幸せに溜め息をこぼす。

「…………ん？　一匹多い？」

「にゃーお」

ふと振り返れば、窓辺に佇《たたず》む白い猫の姿。神々《こうごう》しく輝くその猫は、シャーロットに気付くと嬉しそうに微笑んだ。

「全く、人間の男という生き物はすぐに調子に乗るのだから！　我はまだ許さぬぞ！　せいぜいあがけ！　我らに振り回されるがいい!!」

……猫にまつわる呪いと騒動は、やはりまだ終わっていないのかもしれない。

よく晴れた青空に、今日も彼らの鳴き声が響いていた。

あとがき

はじめまして、またはお久しぶりです、香月でございます。拙作をお手に取って下さり誠にありがとうございます！　猫はお好きですか？　作者は大好きです!!

実は今回『戦闘なしでラブコメ』というルールを頂いての執筆となりまして、大変な難産でした……戦わなくて恋愛できるの!?　とか常々思っている脳筋のため、担当H様には過去最大にご迷惑をおかけしたと思います。今回も本当にありがとうございました!!　よく形になったなと一番驚いているのは作者本人です。

そして、イラスト担当の藤先生。大変ご多忙な中、本当にありがとうございました！あまりの美麗さに「これはもう崇めるものだ」と新たな信仰が芽生えそうでした。

他にも、拙作の刊行を支えて下さった沢山の皆様、ページ数の都合上一括になりますが、全ての方に心より御礼申し上げます!!　愛してます!!

先にあとがきを読んでいらっしゃる方は、ぜひ猫と魔女とヘタレで送る本編の方もお付き合い下さいませね。呪いとか言ってますが、安心して下さいラブコメですよ！

ぎっちぎちに埋めたところでお別れです。またどこかでお会いいたしましょう！

ストレートヘアのシャルと
猫がたくさん描けて楽しかったです。
2016.8

IRIS ICHIJINSHA

猫耳魔術師《ねこみみまじゅつし》の助手《じょしゅ》
本日《ほんじつ》も呪《のろ》い日和《びより》。

2016年10月1日　初版発行

著　者■香月 航

発行者■杉野庸介

発行所■株式会社一迅社
〒160-0022
東京都新宿区新宿2-5-10
成信ビル8F
電話03-5312-7432(編集)
電話03-5312-6150(販売)

印刷所・製本■大日本印刷株式会社

ＤＴＰ■株式会社三協美術

装　幀■今村奈緒美

ISBN978-4-7580-4873-6

この本を読んでのご意見
ご感想などをお寄せください。

おたよりの宛て先

〒160-0022
東京都新宿区新宿2-5-10
成信ビル8F
株式会社一迅社　ノベル編集部
香月《かづき》 航《わたる》 先生・藤《ふじ》 未都也《みつや》 先生

第6回 New-Generation アイリス少女小説大賞

作品募集のお知らせ

一迅社文庫アイリスは、10代中心の少女に向けたエンターテイメント作品を募集します。
ファンタジー、時代風小説、ミステリー、SF、百合など、
皆様からの新しい感性と意欲に溢れた作品をお待ちしています!

応募要項

応募資格 年齢・性別・プロアマ不問。作品は未発表のものに限ります。

表彰・賞金
- 金賞 賞金100万円+受賞作刊行
- 銀賞 賞金20万円+受賞作刊行
- 銅賞 賞金5万円+担当編集付き

選考 プロの作家と一迅社文庫編集部が作品を審査します。

応募規定
- A4用紙タテ組の42字×34行の書式で、70枚以上115枚以内
(400字詰原稿用紙換算で、250枚以上400枚以内)。
- 応募の際には原稿用紙のほか、必ず ①作品タイトル ②作品ジャンル(ファンタジー、百合など) ③作品テーマ ④郵便番号・住所 ⑤氏名 ⑥ペンネーム ⑦電話番号 ⑧年齢 ⑨職業(学年) ⑩作歴(投稿歴・受賞歴) ⑪メールアドレス(所持している方に限り) ⑫あらすじ(800文字程度) を明記した別紙を同封してください。

※あらすじは、登場人物や作品の内容がネタバレも含めて最後までわかるように書いてください。
※作品タイトル、氏名、ペンネームには、必ずふりがなを付けてください。

権利他 金賞・銀賞作品は一迅社より刊行します。
その作品の出版権・上映権・上演権・映像権などの諸権利はすべて一迅社に帰属し、出版に際しては当社規定の印税、または原稿使用料をお支払いします。

第6回 New-Generationアイリス少女小説大賞締め切り

2017年8月31日(当日消印有効)

原稿送付宛先 〒160-0022 東京都新宿区新宿2-5-10 成信ビル8F
株式会社一迅社 ノベル編集部「第6回New-Generationアイリス少女小説大賞」係

※応募原稿は返却致しません。必要な方は、コピーを取ってからご応募ください。※他社との二重応募は不可とします。
※選考に関するお問い合わせ・ご質問には一切応じかねます。 ※受賞作品については、小社発行物・媒体にて発表致します。
※応募の際に頂いた名前や住所などの個人情報は、この募集に関する用途以外では使用致しません。

◆ 本大賞について、詳細などは随時小社サイトや文庫新刊にて告知していきます。◆